LOS MULTIMILLONARIOS MCCLELLAN

El multimillonario y su asistente embarazada

El chef multimillonario y un embarazo inesperado

El chef multimillonario y un embarazo inesperado

RELAY PUBLISHING EDITION, NOVIEMBRE 2021
Copyright © 2021 Relay Publishing Ltd.

Leslie North es un seudónimo creado por Relay Publishing para proyectos de novelas románticas escritas en colaboración por varios autores. Relay Publishing trabaja con equipos increíbles de escritores y editores para crear las mejores historias para sus lectores.

Diseño de portada de Cover Art by Mayhem Cover Creations

www.relaypub.com

LOS MULTIMILLONARIOS MCCLELLAN: LIBRO 1

EL MULTIMILLONARIO
y su asistente embarazada

BEST SELLER DEL *USA TODAY*

LESLIE NORTH

SINOPSIS

El multimillonario Connor McClellan tiene un arma secreta: Rosalie Bridges. Cada vez que Connor persigue a un cliente potencial, Rosalie lo acompaña y se hace pasar por su novia. Pero, después de la última reunión, que terminó con una noche apasionada entre los dos, ella no le atiende el teléfono... y ahora él la necesita más que nunca para ganarse a un cliente importantísimo.

Desde hace años que Rosalie está loca por su jefe, un hombre increíblemente *sexy*. Pero, después de que por fin se acostaran juntos, él quiere que sigan teniendo una relación profesional y ella ya está harta de que la use. Y un test de embarazo que acaba de dar positivo complica aún más las cosas.

Ahora que Connor está desesperado por cerrar el trato comercial y que Rosalie ya no está dispuesta a seguirle la corriente con ese noviazgo de mentira, va a ser necesario llegar a otro tipo de acuerdo. Si lo logran, quizá no solo consigan un gran negocio, sino también un amor para toda la vida.

LISTA DE ENVÍO

Gracias por leer "El multimillonario y su asistente embarazada"
Los multimillonarios McClellan: Libro 1

Suscríbete a mi boletín informativo para enterarte de los nuevos lanzamiento:
www.leslienorthbooks.com/espanola

ÍNDICE

PRÓLOGO

—**P**or fin se van los Gallum.

Desde la ventana del hotel de lujo que su empresa, el Grupo Tecnológico McClellan, había reservado para el retiro de ese fin de semana, Connor McClellan se quedó mirando a su cliente ayudar a su esposa. La mujer iba a los tropezones y se reía mientras recorría el camino de entrada para llegar a su auto de alquiler. La primera nevada de la estación había cubierto de blanco los pinos, alargados como flechas. La nieve del día anterior había sido un golpe de suerte, ya que Bruce Gallum se jactaba de ser buen esquiador. Después de dar algunas vueltas en las pistas de baja dificultad, se había mostrado dispuesto a firmar cualquier cosa. Mientras inhalaba la suave fragancia a lilas, Connor le sonrió a la hermosa directora de extensión que, una vez más, se había ocupado de todo a la perfección para ayudarlo a cerrar el acuerdo. Rosalie Bridges puso los ojos en blanco y se rio.

—Qué suerte la tuya. Ya sé que no te gusta charlar de cualquier cosa ni socializar una vez que el negocio ya está asegurado.

Si lo hubiera dicho cualquier otra persona, Connor lo hubiera negado, pero, tratándose de Rosalie, tenía la confianza suficiente como para reírse y negar con la cabeza.

—Por favor, dime que no se notaba que quería que se fueran —le dijo y, en respuesta, ella sonrió. Le encantaba verla sonreír.

—No, te mantuviste fiel a tu método infalible de dejar que yo los echara educadamente —respondió ella, con un brillo divertido en sus ojos marrones.

—Estuviste increíble este fin de semana, Rosalie —comentó él, acercándose un poco más.

—¿Como directora de extensión o como tu novia de mentira? —Rosalie se mordió el labio inferior. Lo hacía tan seguido que Connor se preguntaba si sabía el efecto que causaba en él—. Porque, en mi opinión, me lucí en los dos trabajos por igual.

Se echó el pelo hacia atrás y, una vez más, el aroma a lilas inundó la habitación. Luego, se sacó los tacones de una patada y se relajó un poco. Sin los zapatos, apenas le llegaba al hombro a Connor. Entusiasmado por el éxito del día, él se preguntó, al igual que otras veces, cómo encajaría su cuerpo voluptuoso con el suyo. A la perfección, seguramente.

—Siempre te luces en los dos —le aseguró, cediendo al impulso de acercarse a ella.

Para su sorpresa, Rosalie no retrocedió, sino que levantó la cabeza y lo miró a los ojos con actitud desafiante.

—Ah, ¿sí?

Connor apretó los labios y respondió:

—Por supuesto. A los clientes les gusta que estés aquí. Me hace parecer más accesible. —Soltó una risita y, sin poder contenerse, le sujetó un mechón de pelo con los dedos y lo entrelazó—. Lo cual es una tarea difícil.

—Dificilísima —lo corrigió Rosalie con una enorme sonrisa y se le iluminaron los ojos.

¿Acaso estaba coqueteándole? Tampoco sería la primera vez, aunque sí sería la primera estando a solas, sin actuar delante de un público que creía que eran pareja. Lo cierto era que habían llegado a ese arreglo poco ortodoxo de casualidad. Luego de que un cliente, un inversionista de riesgo, diera por sentado que él y Rosalie estaban juntos, ella lo había frenado con la mirada antes de que llegara a corregirlo. Teniendo en cuenta que estaban cenando con el hombre y su esposa, Connor no tardó en percatarse de que, si fingían ser novios, se iba a generar una atmósfera más relajada y, a la vez, el empresario se iba a mostrar más receptivo a aceptar su oferta.

Después de la cena, Connor se había acercado a Rosalie con sigilo para proponerle que tuvieran un arreglo oficial, aunque extraoficial-mente. Cada vez que Connor tenía negocios en la ciudad, Rosalie se hacía pasar por su novia. En ese papel, en vez de ser solo una empleada, tenía la libertad para ayudarlo a pulir su lado antisocial y sabelotodo, lo que le permitía mantener conversaciones más fluidas con los clientes. Llevaba casi un año desempeñándose en ese «puesto» y, en ese tiempo, se había vuelto indispensable para Connor.

—Casi imposible, diría yo. Pero lo bueno es que eres increíble en todo lo que te propones. Es más, si volvemos a tener la oportunidad de hacer negocios con Ventura Enterprises, será imposible que Ed Coney se resista.

Ella le echó una mirada comprensiva.

—Todavía te molesta que no hayamos podido cerrar ese negocio.

—No es culpa tuya que yo haya arruinado todo —repuso Connor, soltándole el mechón de pelo con el que estaba jugando.

Un cliente. Su única derrota, entre cientos de victorias, aún lo fastidiaba. Algunas noches se quedaba despierto y recreaba una y otra vez ese fracaso, evaluándolo desde distintas perspectivas para planear qué haría distinto la próxima vez. Porque iba a haber una próxima vez, aunque tuviera que mover cielo y tierra para conseguirla. Iba a convertir esa derrota en una victoria. Era lo que mejor sabía hacer. Además, ahora tenía a Rosalie para que lo ayudara haciéndose pasar por su novia.

—Debería haber investigado más —continuó—. Así, habría sabido que Ed Coney siempre incluye a su esposa. Todos saben que no toma decisiones sin consultar con ella. Tendría que haberlo sabido.

—Eso fue antes de que yo empezara… —Rosalie hizo una pausa que enfatizó sus siguientes palabras— en esta posición.

Estaban tan cerca que Connor sentía su aliento en la mejilla. Se inclinó hacia adelante hasta que sus labios quedaron a milímetros de los suyos.

—Es tu favorita, ¿no?

Cuando comprendió a qué se refería, Rosalie le hizo ojitos.

—Señor McClellan, ¿acaso me está preguntando por mi posición favorita?

—Fue una pregunta completamente inocente, señorita Bridges —respondió él, aunque no era del todo cierto. No obstante, Connor no era la clase de hombre que desaprovechaba una buena oportunidad sin hacer el intento. Otras veces, había resistido la atracción que sentía hacia su hermosa novia de mentira, pero, esa noche, quería celebrar la victoria… acompañado.

—¿Sí? Vaya —dijo ella, guiñándole el ojo.

—Claro que sí. —Connor no recordaba cuándo había sido la última vez que había coqueteado de manera tan descarada—. Solo me da curiosidad saber si hay alguna otra posición…. —se interrumpió para acomodarle un mechón de pelo detrás de la oreja— que hayas disfrutado.

Rosalie apretó los labios y se le hundieron las mejillas, lo cual le dio un aspecto adorable. Tras echarse a reír, anunció:

—Si quieres que responda esa pregunta, primero necesito un trago.

Sin más, salió de la habitación y Connor la siguió hacia la inmensa cocina, toda de granito sólido y acero inoxidable, mientras disfrutaba del vaivén de sus caderas al caminar. Rosalie tenía curvas en todos los lugares indicados. Lugares que Connor se había imaginado tocando, masajeando, apretando…

—Me parece una excelente idea, ahora que lo dices —dijo él, aflojándose el nudo de la corbata—. Nos lo merecemos.

—Quedaron algunas cervezas aquí. A Bruce Gallum le gustó mucho esta IPA, tengo que recordarlo —comentó Rosalie. Mientras buscaba dentro de la heladera, Connor aprovechó para mirar bien su trasero redondo y firme, que se movía de un lado a otro—. Hay champán, pero mejor lo guardamos, ¿no?

—¿Por qué? —Connor se quitó los gemelos de la camisa y los apoyó con cuidado sobre la encimera antes de arremangarse—. Yo opino que celebremos ahora.

Rosalie cerró la heladera y apareció con una botella helada en la mano.

—Si me convences de beber esto, te contaré todos mis secretos.

—Dámela, entonces.

Rosalie se echó a reír cuando él intentó arrebatarle la botella y se alejó bailando para que no pudiera alcanzarla. Cuando él la tomó de la muñeca y la atrajo hacia sí, ambos quedaron sorprendidos. Por el grito ahogado que soltó, Connor supo que Rosalie había notado su erección. No obstante, no se alejó. Se paró en puntas de pie y, ladeando la cabeza hasta que sus labios casi se rozaron, susurró:

—Me hiciste una pregunta.

—¿Sí? —Estaban tan cerca que no podía pensar con claridad.

—Me preguntaste cuál era mi posición favorita.

Connor le rozó los labios para ver si de verdad estaba decidida a terminar lo que había empezado.

—Es cierto.

—Si todavía quieres saberlo, ábrela —le propuso ella y le metió la botella entre las manos.

Connor apenas le echó un vistazo. Tenía la mirada clavada en los labios de Rosalie mientras descorchaba la botella. Con un fuerte ruido, el corcho salió disparado. Casi ni registró el sonido del vidrio rompiéndose, sobre todo porque Rosalie le quitó el champán de las manos y llevó los labios al pico de la botella. A Connor se le escapó un leve gruñido. Ella inclinó la botella y, dejando al descubierto la curva de su cuello, bebió un gran sorbo. Después de tragar, soltó una risita.

—¡Ay! Qué burbujeante —dijo. Lo miró con timidez con esos ojos de pestañas tupidas y le preguntó—: ¿Quieres un poco?

Connor sintió una oleada de calor en la parte baja de la columna. Sin importar si ella era consciente de lo que estaba haciendo, ya no podía negar que tenerla tan cerca lo afectaba. Se estiró y le rodeó el cuello con la mano para atraerla hacia sí. Rosalie soltó un gemido suave, pero no se resistió. Él tomó un sorbo de champán y apoyó los labios sobre los suyos; luego, se apoderó de su boca y la besó con ganas. Ella entreabrió los labios, ansiosa. Sabía a champán y a fresas y a triunfo. Todavía sentían el burbujeo del espumante en los

6

labios y la tensión era tanta que salían chispas. Siempre había habido chispas entre ellos y Connor estaba listo para encender el fuego.

—Connor —susurró ella, jadeante.

Siempre le había gustado oírla decir su nombre, pero esta vez, mientras dejaba un camino de besos desde sus labios hasta su mandíbula, Connor sintió el nombre vibrando en su garganta.

—¿Cuál es tu posición favorita? —le preguntó. Como ella no contestó de inmediato, dejó de besarla y se alejó con un movimiento brusco—. Respóndeme —gruñó.

—Yo arriba —dijo ella, lamiéndose los labios de forma insinuante.

—Dios —susurró él. Acercándose a su boca, la sujetó fuerte contra su cuerpo y le tironeó y desgarró la blusa. Sus jadeos salvajes y agitados lo tenían en llamas, pero, cuando ella le corrió la mano para desabotonarse la blusa más rápido, sintió que se prendía fuego—. Vamos al cuarto —le ordenó y, sin darle tiempo a responder, la alzó en brazos y subió las escaleras que llevaban al dormitorio principal de a dos escalones a la vez.

—Qué bueno que... ¡ay! reservé este... ¡mmm! hotel en vez del centro de conferencias —comentó Rosalie entre risitas.

Al final, se rindió y dejó de intentar hablar, pues él la estaba besando con frenesí. Cuando la dejó caer en la cama, que parecía expectante, Rosalie soltó un grito ahogado. Luego, Connor se quitó la camisa de vestir (los botones salieron volando para todos lados), se abalanzó sobre ella y se fundieron en un enredo de besos, abrazos y jadeos. A pesar de que había bebido muy poco, el contacto del cuerpo curvilíneo de Rosalie contra el suyo y la sensación de su piel sedosa y cálida en los dedos lo hacían sentir borracho e invencible.

—¿Así que te gusta estar arriba? —Connor le besó el cuello y fue bajando hasta rodearle uno de los pezones, rosado y perfecto, con los labios—. ¿No?

Rosalie intentó sentarse, pero Connor no estaba dispuesto a interrumpir su disfrute.

—Me… Me había olvidado.

Al ver que se sonrojaba, Connor sintió que un deseo salvaje se apoderaba de él.

—Yo no.

Rosalie le tocó el pecho y, con actitud seductora, le dibujó círculos con el dedo entre los pectorales.

—¿Qué más recuerdas?

Cuando Connor estiró la mano y le desabrochó el sostén para sentir su piel sin restricciones, ella abrió grandes los ojos. Él soltó una risita y respondió:

—Tu cumpleaños es el dieciocho de octubre, tu segundo nombre es Grace y te encantan las flores.

Al ver su expresión sorprendida, Connor deseó poder pensar con más claridad para enumerar todas las cosas que sabía sobre ella, pero las uñas que le rasguñaban suavemente la espalda le nublaban el juicio.

—¿Sabes cuáles son mis flores favoritas? —preguntó ella, jadeante.

—¿Las rosas? —aventuró él. A todo el mundo le gustaban las rosas, ¿no? Y ella hasta se llamaba Rosalie. No obstante, cuando sintió el aroma a lilas de su champú, se preguntó si había cometido un grave error, así que decidió redoblar la apuesta—. Bueno, aunque sean otras, las rosas son las flores que me recuerdan a ti. Preciosas, con una forma perfecta, pero te puedes pinchar con las espinas si no las tratas con cuidado. ¿Te estoy tratando bien? —susurró mientras le besaba la clavícula; tenía las manos ocupadas más abajo—. ¿Vas a lastimarme con tus espinas?

Al ver que ella le regalaba una hermosa sonrisa y negaba con la cabeza, Connor se relajó.

—No tengo espinas —murmuró Rosalie.

Era tan hermosa que dolía.

—Después de lo de hoy, tengo que comprarte diez docenas de rosas —le dijo él, respirando más agitado—. Pero primero tengo que ocuparme de un par de asuntos.

Ella se alejó un poco. Tenía los ojos entrecerrados de placer, pero, al mismo tiempo, se la notaba alerta, consciente y en control de la situación.

—¿Como cuáles?

Connor sintió que una oleada de electricidad le recorría el cuerpo. Eso era lo que siempre le había gustado de Rosalie: que lo comprendiera de forma tan intuitiva. Le resultaba irresistible el modo en que parecía conocerlo incluso mejor de lo que él se conocía a sí mismo. Era como una droga.

—Tengo una tarea más para ti —le dijo con tono serio, casi profesional. Ella parpadeó, pero no desvió la mirada. Él le apoyó la mano sobre el vientre y continuó—: Quiero que te acuestes y te entregues a mí. Deja que yo haga algo por ti, para variar.

—¿Como directora de extensión o como novia de mentira?

Su tono travieso lo volvía loco.

—Como más te guste.

Rosalie se recostó, pero le había cambiado la cara y se adivinaba un atisbo de duda en su mirada.

—¿Crees que esto está mal?

Al verla tan vulnerable, se despertaron todas las señales de alarma en su cuerpo y Connor sintió la necesidad sobrecogedora de protegerla.

—No se siente nada mal —murmuró rozándole los labios, mientras deslizaba la mano entre sus piernas. Ella gimió y se arqueó como invitándolo a seguir—. Y ya sabes… —recorrió el surco entre sus pechos con los labios y solo se detuvo un segundo para quitarle la falda y las bragas antes de separarle los muslos— que nunca me equivoco.

Luego, le guiñó el ojo y se curvó para saborearla por primera vez. Ella le hundió los dedos en el pelo y tiró con la fuerza justa para hacerlo gruñir. Connor sintió que su sabor le invadía la lengua. Había tenido la intención de tomarse su tiempo, pero estaban yendo cada vez más rápido. Rosalie arqueó la cadera y se deshizo en su lengua y en sus dedos, soltando gritos guturales mientras él la levantaba de la cama para saborearla en profundidad en el clímax del placer. Cuando pasó el momento, agotada, Rosalie lo ayudó a subir y le envolvió la cintura con las piernas. Él la besó apasionadamente y gimieron al mismo tiempo cuando su miembro duro penetró su carne húmeda.

Connor era un hombre de números, un cerebrito autoproclamado que amaba el orden y la lógica. Era una cosa de lo más racional que él y Rosalie por fin se acostaran juntos después de pasar un año entero fingiendo que ya lo habían hecho. Mientras se acomodaba boca arriba para que ella pudiera subirse encima de él, se sintió convencido de que no, de ningún modo estaba mal lo que estaban haciendo. Era imposible que algo malo se sintiera así de bien. ¿Y qué si mezclaban negocios con un poco de placer? ¿Qué tenía de malo?

1

Rosalie no se consideraba una persona quejosa. Por el contrario, se enorgullecía de siempre ver el lado positivo y el vaso medio lleno, y de buscar aquellos pequeños momentos para recordar y decir: «Ahí. Ahí mismo fui muy, muy feliz». No obstante, debía reconocer que había días en los que era muy difícil encontrar esos momentos. ¿Hoy, por ejemplo? La decisión que había tomado por la mañana de dejar la comodidad de su cama e ir a trabajar había sido muy difícil de justificar.

—Bueno, vamos a repasar otra vez desde el principio. Quizá no lo estoy explicando bien. —Obligándose a esbozar una sonrisa alegre y encantadora, Rosalie sujetó con fuerza su bolígrafo para reprimir las ganas de estrangular al papanatas que tenía enfrente, el gerente de un restaurante que había irrumpido en su oficina sin cita previa para exigirle atención y soluciones inmediatas—. Sabemos que es una alternativa un poco incómoda, pero, hasta que el equipo de informática instale un parche adecuado en el sistema, es la única forma de evitar que vuelva a ocurrir lo mismo. ¿Quisiera mostrarme qué es lo que no entiende?

Debido a su puesto de directora de extensión en la oficina satélite de Aspen, Rosalie estaba acostumbrada a tratar con los clientes menos sofisticados de la empresa. El ritmo era más lento y tranquilo que en la oficina principal de Nueva York —de hecho, el año anterior había ido de visita allí y había quedado asombrada al ver la velocidad con la que se movían todos—, lo cual, por lo general, le gustaba. El único inconveniente era que los que compraban sus sistemas (principalmente, dueños decrépitos de restaurantes familiares y chefs *hippies* con mucha pasión y nada de sentido común) a menudo necesitaban algo de ayuda y paciencia. Y hoy, a Rosalie se le estaba agotando la paciencia. Respiró hondo y descruzó y volvió a cruzar las piernas antes de sonreírle al cliente que estaba sentado frente a ella.

—Nos quedaremos todo el tiempo que necesite.

Trató de reprimir la irritación que sentía. Después de todo, no era culpa del cliente que su escritorio ostentara un triste manojo de claveles amarillos. Claveles. ¿Cómo podía haber leído tan mal a Connor? Cuando la había mirado a los ojos y había adivinado su flor favorita, la había convencido de que había llegado el momento. Luego de tantos años de amarlo en secreto, había pensado que Connor por fin estaba listo para dar el siguiente paso y corresponder su deseo y admiración. Él la conocía lo suficiente como para saber lo importante que era el lenguaje de las flores para ella. Las rosas significaban pasión. En cambio, ¿los claveles? Los claveles amarillos significaban decepción. Rechazo. Como si las flores no hubieran sido bastante insultantes de por sí, había añadido una tarjeta que empeoraba aún más las cosas. Era una tarjeta insulsa, aburrida e impresa (ni siquiera la había escrito a mano) sobre un pedazo de cartón, más adecuada para acompañar una corona fúnebre que otra cosa. Lo único que decía era: «Gracias por todo lo que haces por el Grupo Tecnológico McClellan». Ni un nombre. Ni una firma.

Al principio, había pensado que era una broma. Hasta se había quedado parada en la entrada de su casa esperando (por más tiempo del que hubiera querido admitir), convencida de que el ramo verdadero, el que le había prometido, con diez docenas de rosas, iba a llegar en cualquier momento. Además, ya lo había perdonado por enviar las flores con retraso. Desde su encuentro en el hotel, Rosalie casi no había ido a la oficina hasta esa semana. Se había pasado el último mes y medio yendo de un lado a otro: había visitado los comercios de sus clientes para recolectar información y limar asperezas, había asistido a una capacitación obligatoria en Denver y hasta había viajado a Singapur para ir a un taller de desarrollo; de hecho, todavía no terminaba de recuperarse del *jet lag* de ese último viaje. Y, en recompensa, había recibido esas flores espantosas. Y esa tarjeta.

¿A qué se refería con «todo lo que hacía por la empresa»? Lo que hacía era fingir que estaba enamorada de él para ayudarlo a ganarse a los clientes... aunque lo cierto era que estaba enamorada de verdad. Lo que hacía era asegurarse de que todas sus interacciones con los clientes salieran bien. Lo que hacía era enviarle a Bruce Gallum un cajón de su cerveza favorita para ayudar a Connor a cerrar el acuerdo, incluso estando fuera del país. Lo que hacía era hacerlo quedar tan bien que estaba nominado para ser el Hombre del Año de la revista Esquire, otra vez. ¿A eso se refería Connor cuando le agradecía por todo lo que hacía por el Grupo Tecnológico McClellan? ¿O se refería a otra cosa totalmente distinta? ¿Era un agradecimiento por haberse acostado con él en un momento de debilidad, un momento del que se arrepentía más y más con cada día que pasaba? Ni siquiera le había agradecido por todo lo que hacía por él. Rosalie sabía que Connor solo se interesaba por la empresa y siempre se lo dejaba pasar, pero no iba a dejar pasar que le hubiera agradecido de modo tan frío e impersonal.

—Esto es inaceptable.

Cuando el cliente levantó la voz y amenazó con «hablar con su superior», Rosalie salió de su ensimismamiento. Se obligó a dejar de lado sus pensamientos desbocados y suspiró.

—Tiene toda la razón en sentirse frustrado —le aseguró. Se sintió desleal al decirlo, pero qué más daba—. El presidente de la empresa está al tanto del problema. —Echó un vistazo al florero con los claveles una vez más y terminó de decidirse—. Este es su número privado. Puede llamarlo en cualquier momento, no importa la hora.

Tras anotar el número de la línea directa de Connor en un pedazo de papel, se lo dio al cliente, que, de pronto, parecía satisfecho, y se despidió de él, sintiéndose mezquina pero triunfante. A Connor no le iba a gustar nada que lo hubiera expuesto así. Se suponía que ella se ocupaba de esos problemas para que él no tuviera que hacerlo. Era parte de todo lo que hacía por el Grupo Tecnológico McClellan. Se frotó las manos y trató de aferrarse a la emoción que le había generado esa pequeña venganza, pero, ni bien se fue el cliente, la sensación se desvaneció y, una vez más, se quedó sola en la oficina con los claveles. Más allá de la satisfacción que sentía al saber que el cliente estaba por arruinarle el día a Connor, le molestaba que hubieran llegado a ese punto. Hacía meses que sabían del problema en el *software*. El mismo Connor lo sabía porque ella le había dicho en más de una oportunidad que debían encontrar un parche adecuado para solucionarlo, pero ¿acaso la había escuchado? ¿Siquiera la respetaba, más allá de su papel como novia de utilería?

Rosalie cerró el puño y hundió las uñas en la palma de la mano para tranquilizarse. «¿Qué diablos te está pasando?», se preguntó. Nunca reaccionaba así, pero se trataba de Connor. El bendito Connor McClellan. Se sentía de maravillas cada vez que estaba junto a él, y completamente desdichada cada vez que se marchaba. Sobre todo cuando se había marchado de la cama que habían compartido. Se le hizo un nudo en el estómago. Parecía que su desayuno de siempre, granola y yogur, le había caído mal. Se acarició la panza con actitud distraída y, de pronto, sintió un fuerte mareo que la obligó a agarrarse del escritorio para no perder el equilibrio.

—Vaya —murmuró—. Ya es hora de almorzar. —Asomó la cabeza para buscar a su asistente y, al no verla, preguntó—: ¿Anna, estás ahí?

Anna asomó la cabeza desde detrás del escritorio enorme que estaba en la parte de delante de la oficina.

—Vaya, tardaron muchísimo. Pensé que ese cliente iba a sacar un catre para quedarse a dormir aquí. Uf, ¡te ves muy mal!

Rubia y jovial, Anna tenía una forma de decir las cosas que hacía que incluso el peor de los insultos sonara adorable. Rosalie se echó a reír y volvió a acariciarse el vientre.

—Me parece que todavía no se me pasó del todo ese virus que me agarré en Singapur.

Había regresado de ese viaje internacional hacía solo unos días, así que era obvio que todavía estaba padeciendo los efectos del *jet lag* y tenía el estómago revuelto por todos los platos extraños pero deliciosos que había comido. Eso explicaba por qué se sentía tan alterada, irritada y desganada. Rosalie miró su escritorio. Los claveles también eran una explicación bastante convincente. Anna notó que estaba mirando las flores.

—Igual son lindas —comentó. Tras esbozar una sonrisa simpática, le preguntó—: ¿Quieres que pida el almuerzo? ¿Algo delicioso y lleno de carbohidratos para que se te vaya el malestar?

Rosalie se masajeó el entrecejo, pues tenía un dolor de cabeza espantoso, y accedió.

—Sí. —Suspiró—. Me encantaría. Gracias.

Sin más, volvió a su oficina y cerró la puerta con un quejido. El hotel. El viaje a Singapur en el que había hecho quedar tan bien a McClellan. Todas señales, había pensado, que indicaban que Connor la veía y la valoraba de verdad. Hasta ahora. Con un gruñido, sacó esa tarjeta tonta e impersonal del cartón donde estaba pegada y la partió a la mitad.

—¿Me da las gracias por todo lo que hago? —masculló, rompiendo la tarjeta en pedacitos que cayeron con suavidad al cesto de basura como copos de nieve—. No hay de qué, Connor. Más bien gracias por nada.

~

Connor volvió a apoyar su teléfono sobre el escritorio y estiró las manos encima de la cabeza a modo de festejo silencioso. Acababa de hablar con Ed Coney de Ventura Enterprises. Había vuelto el hombre que se le había escapado. Y, esta vez, Connor iba a asegurarse de conseguir el negocio. Se inclinó hacia adelante para apoyar los codos sobre la superficie brillante del antiguo escritorio de roble. Era la única muestra de frivolidad que se permitía. El escritorio había sido de su abuelo y, aunque verlo volvía loca a su madre, a Connor le había parecido justo quedarse con un *souvenir* de ese viejo despreciable después de su muerte.

Cuando era chico, Connor se había criado solo con su madre. No obstante, hasta ese día seguía pensando con amargura que no debía haber sido así. El hecho de que su madre hubiera quedado embarazada y se hubiera negado a casarse con el padre del niño había bastado para que su propio padre —el abuelo de Connor— la desterrara de su vida y la desheredara. Todo lo que tenía Connor era gracias al espíritu luchador y determinado de su madre, que se había esforzado por mantenerlos a los dos. Había fundado la empresa en honor a ella y había ganado su primer millón solo para demostrarle que había valido la pena hacer tantos sacrificios. Aun así, una parte diminuta —bueno, no tan diminuta— de su ser exigía venganza. «¿Ves, abuelo? Mira todo lo que he logrado. Seguro te arrepientes de haber tratado así a mamá, ¿no?». Quedarse con su escritorio había sido un gesto mezquino, pero Connor sentía que tenía derecho a ser mezquino de vez en cuando, por lo menos cuando de la familia de su madre se trataba.

Pasó la mano sobre la superficie pulida del escritorio de su abuelo y agarró el celular con actitud distraída para mirarlo nuevamente. Ni una llamada. Ni un mensaje. Miró por la ventana. Ni siquiera una bendita paloma mensajera. Llevaba todo el día esperando la respuesta de Rosalie. Le había dado instrucciones claras a Jenny, su secretaria: debía enviarle cuatro docenas de rosas amarillas a Rosalie, de la oficina de Aspen. También le había pedido que escribiera algo lindo en la tarjeta. Alguna frase romántica y profunda. Su secretaria era mucho mejor que él para esas cosas. Con un gruñido, pulsó el botón del interfono.

—¡Jenny! —vociferó—. Llama al florista de Aspen. Pregúntale si envió las flores.

La vocecita de su secretaria salió como un zumbido por el parlante.

—Ya llamé, señor McClellan —respondió—. Las enviaron hoy a la mañana. Las recibió una mujer llamada Anna Wilbur.

—Bueno, gracias.

Connor asintió, pero no le gustó lo que implicaba esa respuesta. Anna era la asistente de Rosalie y, encima, estaba bastante seguro de que eran muy amigas. Era imposible que no hubiera recibido las flores, así que solo había una explicación posible: Rosalie lo estaba ignorando. Soltó un gruñido y apagó la computadora. Normalmente, Rosalie hubiera respondido de inmediato. Eficiencia, prolijidad y rapidez para responder; esos eran los valores que aplicaba a la hora de dirigir la empresa y esperaba que sus empleados se manejaran con la misma responsabilidad. Por eso su empresa marchaba tan bien. Nadie buscaba atajos; nadie holgazaneaba.

«¿Estará enferma?», se preguntó. Agarró su saco, que colgaba de un gancho en la puerta, y se dispuso a marcharse, pero se detuvo. No, eso no iba a funcionar. No cuando la empresa de Coney estaba en juego. Se rumoreaba que el viejo se había vuelto a casar y que consentía a su nueva esposa incluso más que a la anterior. Uno de los informantes de Connor hasta había dicho que eran «almas gemelas». Al oírlo, Connor se había echado a reír. Era imposible tener éxito tanto en la vida profesional como en la personal. Estaba convencido de que la segunda esposa de Coney no era más que un trofeo para él, pero igual iba a necesitar la ayuda de Rosalie para cerrar el trato. Si estaba enferma, el acuerdo corría peligro. Después de pensar un momento, salió de la oficina dando un portazo y Jenny se sobresaltó por el ruido.

—Llama a mi piloto. Voy a adelantar un día el viaje a Aspen.

Iba a visitar a Rosalie para ponerla al tanto de la propuesta para cerrar el acuerdo con Ventura Enterprises. Si estaba enferma, iba a obligarla a tomar vitamina C, té de jengibre y todo lo que hiciera falta para que se sintiera mejor. No iba a permitir que nada se interpusiera entre él y esa reunión. Ni siquiera su silencio inexplicable.

2

Los carbohidratos no habían servido de nada. De hecho, hasta habían empeorado las cosas. Cuando Rosalie salió del baño, Anna apenas si la había mirado antes de obligarla a marcharse. Rosalie había accedido, pero, antes de ir a su casa, había hecho una parada discreta en el camino. Ahora, de pie en el baño de su casa nueva, mientras le daba golpecitos a la superficie de mármol del tocador, se sintió mal, pero por un motivo totalmente distinto. ¿Por qué diablos había comprado el test que tardaba diez minutos? En la farmacia, se había dejado convencer por la promesa de obtener resultados exactos, pero estaba dispuesta a cambiar la exactitud por un poco de paz mental. ¿Tener que esperar diez largos minutos para averiguar si estaba embarazada? ¡Qué tortura! ¿Cómo iba a sobrevivir a la espera? Sentía que ya había pasado una eternidad. Miró la tira del test y la urgió a que le mostrara algo. Cualquier cosa.

—Ya tendrías que saberlo —le reprochó—. ¡Líneas! ¡Necesito ver líneas!

De pronto, un fuerte golpe en la puerta la sobresaltó. Le venía bien una distracción, pero…

—Dios mío. Qué inoportuno. Ahora no puedo.

Cuando volvió a oír el golpe, más brusco e insistente, su instinto complaciente fue más fuerte que ella. Le costaba mucho decir que no, sin importar si se trataba de personas que conocía o de completos desconocidos, como la persona que estaba llamando a la puerta en ese momento, los peores diez minutos de su vida. Se enderezó, se acomodó el pelo y se arregló un poco la blusa, fijándose que no tuviera rastros de vómito. Así y todo, se veía espantosa, pero le daba lo mismo lo que pensara quien fuera que estuviera llamando a la puerta, que, llegado ese punto, ya estaba golpeando con ambos puños.

—Bueno, ¡bueno! ¡Ya voy!

Le echó un último vistazo al test y se dirigió a la entrada. Después de girar el pestillo, abrió la puerta y dio un paso atrás, atónita. Connor dejó caer las manos a ambos lados del cuerpo y la miró fijo.

—Así que estás aquí.

Al oírlo, Rosalie no puedo evitar soltar una risa seca.

—Es mi casa.

De todas las personas que podían haber llamado a su puerta…

—Tenemos que hablar —replicó él, tajante.

—¿De qué?

Lo miró con desconfianza. ¿Acaso ya sabía? ¿Se había equivocado antes? Quizá lo que le había dicho su instinto la primera vez que se habían visto —que estaban en la misma sintonía, que él la conocía de verdad— no había estado mal después de todo.

—Sobre la reunión con Coney. Ya falta poco.

Rosalie se agarró del marco de la puerta para evitar caerse. Estaba mareada y otra vez tenía ganas de vomitar. Además, sentía el dolor de la desilusión. Había malinterpretado cada uno de sus gestos y se había engañado a sí misma.

—Pensé que ibas a venir mañana por ese tema. ¿No prefieres que lo hablemos en la oficina? —preguntó, obligándose a ponerse en modo negocios y a dejar de lado los sentimientos encontrados que la desbordaban.

—Sí, bueno, también quería hablar de lo de las flores —respondió él y, sin siquiera pedirle permiso, entró a su casa.

Rosalie parpadeó, desconcertada. Automáticamente, levantó la muñeca y miró su reloj de plata. Faltaban dos minutos. Y él estaba ahí parado.

—¿Qué cosa de las flores?

Connor dio una vuelta completa muy despacio para observar toda la casa. Estaba repleta de flores de colores brillantes y alegres, lo cual le daba una vibra muy acogedora y hogareña; había estampados florales, mantas con motivos de flores y una maceta con geranios en el alféizar de la ventana. Sin dudas, para Rosalie era un oasis. Su lugar feliz. En cierto modo, sentía que él no encajaba allí. Cuando terminó de inspeccionar la casa, se dio vuelta a mirarla.

—Que no respondiste.

—¿Que no respondí qué?

—Nada —dijo Connor. Metió las manos en los bolsillos y continuó —: Me expuse, me la jugué. Lo mínimo que podías haber hecho era avisarme que las recibiste.

—¿De verdad te parece que mandarme un ramo de claveles comunes y corrientes con una notita todavía más común y corriente es jugártela? —respondió ella, cada vez más furiosa—. Pensé que eras un tipo inteligente, Connor.

Su intención había sido lastimarlo, pero, en cambio, parecía confundido… y triste.

—¿Claveles? ¿Una notita común y corriente? No, ¡yo no quería mandarte eso! Se suponía que recibieras unas rosas con un mensaje romántico.

Rosalie aflojó la mano, que había apretado en un puño, y relajó los hombros antes de respirar profundo. Sintió que una chispa de esperanza se encendía en su pecho y reavivaba sus sentimientos.

—Ah, ¿sí?

—Sí. —Connor asintió rápidamente—. Le pedí a Jenny que encargara cuatro docenas de rosas amarillas. Me confirmó que te habían llegado.

—Jenny… ¿tu secretaria?

—Me confirmó hoy a la mañana que las habías recibido.

Ni siquiera se había molestado en comprar él mismo las flores. Le había delegado la tarea a su secretaria. No obstante, Rosalie no iba a llorar frente a él, por más que se muriera de ganas.

—Bueno, eso no fue lo que recibí.

«Y se suponía que eran diez docenas». Por lo menos, eso le había prometido. Sus sentimientos por él la habían cegado durante demasiado tiempo, pero ya no. Ya no quería tener nada que ver con Connor McClellan. Cuando Rosalie se dio vuelta para alejarse, él la detuvo.

—Espera —le pidió y le acarició el brazo, pero ella lo esquivó. Por la cara que puso, era evidente que Connor estaba muy confundido—. No sé qué pasó, pero te pido disculpas. Igual tenemos que hablar, Rosalie.

—¿De qué? —preguntó ella. Ojalá pudiera ignorarlo. Miró de reojo su reloj. Ya era la hora.

—Del negocio con Coney. Tenemos que sentarnos y preparar nuestro plan.

—¿Nuestro plan para…?

—Ya sabes de lo que estoy hablando. —Rosalie lo miró y maldijo ese hoyuelo varonil que se le formaba al hablar—. Nuestro arreglo.

— ¿O sea que quieres que planeemos cómo vamos a hacer para fingir que estamos juntos? —preguntó ella. En respuesta, él levanto una ceja e hizo un gesto con las manos, como diciendo «Exacto». Rosalie se irguió lo más que pudo y continuó—: Bueno, tendrás que disculparme, Connor, pero no voy a fingir más. Se terminó.

—¿Qué estás…? —balbuceó él, mientras la seguía al baño—. ¿Es por lo de las flores? Ya te dije que fue un malentendido. No hace falta que te pongas así, ni que…

Dejó de hablar al ver que Rosalie levantaba el test de la encimera del baño. Ella cerró los ojos y luego volvió a abrirlos, pero el resultado seguía siendo el mismo. Dos líneas rosas. Estaba embarazada. La voz de Connor interrumpió el huracán de emociones que la invadía.

—¿Rosalie? ¿Qué es eso?

—¿Esto? —preguntó ella, levantando el test para que pudiera verlo—. Es la confirmación de que estoy embarazada, Connor. Y es tuyo.

3

Su mundo se puso patas para arriba, pero Connor no iba a permitir que le ganaran los nervios.

—¿Embarazada? —repitió, como tanteando la palabra.

En respuesta, Rosalie se limitó a fruncir el ceño y señalar el test. Positivo. Connor observó las dos líneas tan atentamente que parecía que estaba intentando descifrar un código complejo. Sus años en el mundo empresarial le habían enseñado a analizar sus emociones antes de actuar, lo cual lo ayudaba a conservar la calma y la concentración. No reaccionaba de forma violenta como su primo Arthur ni reprimía sus emociones hasta explotar como su abuelo. No, él enfrentaba sus emociones con la misma lógica con que enfrentaba todo lo demás. No era bueno actuar sin tener claro cuál iba a ser el resultado. Entonces, ¿cómo se sentía? Sorprendido, conmocionado, preocupado por la pesadilla que iba a ser hablar con Recursos Humanos. Pero, debajo de todas esas emociones, se sentía... entusiasmado. Se le dibujó una sonrisa.

—¿Estás embarazada?

Rosalie lo miró, boquiabierta.

—¿No estás entrando en pánico? —le preguntó con un hilo de voz.

En todos los años que llevaban trabajando juntos, Rosalie siempre había sido la que conservaba la calma, pero parecía que había llegado el momento de que Connor le devolviera el favor. Él levantó la mano y jugó con un mechón de su pelo como había hecho esa noche en el hotel.

—No —respondió. Le acomodó el mechón detrás de la oreja antes de sujetarle el mentón y levantarle la cara—. Estoy contento —agregó y, una vez más, volvió a sentir la conexión que habían tenido durante esa noche de intimidad—. La verdad es que... estoy entusiasmado. ¿Un bebé? —Se inclinó hacia adelante, buscándole la boca—. Es maravilloso.

Mientras ella soltaba un grito ahogado de sorpresa, él acercó los labios a los suyos. Luego, deslizó la mano en su pelo y le sujetó la cabeza para besarla lenta y apasionadamente. Cuando sus lenguas se rozaron, sintió que todas las fichas caían en su lugar. El malentendido con las flores había sido desafortunado, pero eso ya había quedado atrás. Trabajaban bien juntos. Formaban un buen equipo y los buenos equipos también eran buenos padres. Sí, tener primero el bebé era un poco fuera de lo común, pero era innegable que le gustaba Rosalie. Le gustaban su dulzura y su carisma, su champú de lila y sus curvas generosas. Y ahora iba a tener un hijo suyo. Además, le gustaba la idea de que estuvieran juntos. Se llevaban muy bien en los negocios. Se llevaban muy bien en la cama. ¿Por qué no se iban a llevar bien en pareja? Se alejó un poco, listo para decirle la decisión que había tomado. Quizás al principio su relación había sido una farsa, pero esa noche en el hotel —y, ahora, el bebé que estaba en camino— la habían convertido en una realidad. Una relación de verdad.

Lo cierto era que nunca había tenido una relación seria antes, pero estaba seguro de que Rosalie le iba a enseñar qué hacer, como siempre. Le iba a enseñar a ser un buen novio y sabía que ella iba a ser una novia increíble. Era un plan lógico. Sin embargo, ella retrocedió y se acomodó la blusa. Con las manos detrás de la espalda (una postura formal que Connor reconoció al instante, pues era la que adoptaba al hablar con clientes indecisos), le sonrió.

—Me alegro de que estés contento, Connor —le dijo con tono seco, profesional—. Pero, por lo que a mí respecta, esto no cambia nada entre nosotros.

Al oírla, a Connor se le cayó el alma a los pies.

—Claro que cambia las cosas. No seas ridícula.

—Te dije que se terminó —insistió ella, negando con la cabeza.

—Que se terminó lo de la relación de mentira. Te entiendo. Pero esto no es mentira.

Connor levantó el test para mirarlo otra vez y ella hizo una mueca, se lo quitó y lo envolvió en papel higiénico.

—¿Podemos salir del baño? Me pone incómoda hablar de esto aquí.

—¿De qué estamos hablando exactamente? —preguntó él y la siguió a la cocina, blanca e inmaculada. El único toque de color provenía del alboroto de pimpollos que adornaba las ventanas. Apesadumbrado, Connor notó que, entre las flores, no había ni un solo clavel.

—No voy a fingir que soy tu novia frente a Ed Coney —le dijo Rosalie. Aunque le temblaba la voz, se mantuvo firme.

Connor negó con la cabeza.

—Entonces no finjas. Seamos novios.

Ella abrió grandes los ojos. Se la notaba exasperada.

—No es tan fácil.

—Para mí, sí. Vamos a tener un bebé juntos. Juntos, Rosalie. ¿Por qué no vamos a estar juntos? —Dios, necesitaba que Jenny le escribiera un discurso mejor. Estaba metiendo la pata a lo grande. ¿Por qué no podía explicárselo a Rosalie en lenguaje de programación? «Si bebé, entonces novia».

—Creo que esa decisión la tenemos que tomar juntos —replicó ella con tono sarcástico.

Connor se pellizcó el puente de la nariz.

—¿Sigues con lo de las flores? Lo siento, ¿sí? Me equivoqué, pero voy a aprender de los errores.

—¿Qué vas a aprender? —preguntó ella, cruzándose de brazos.

—Que tengo que controlar más a Jenny. No es la primera vez que comete un error —respondió él. La joven era hija de una amiga de su madre, pero tenía más entusiasmo que profesionalismo. En verdad, Connor la hubiera despedido hacía tiempo, pero, cada vez que sacaba el tema, su madre lo hacía sentir culpable y terminaba arrepintiéndose. Quizás esta era la señal que necesitaba para buscarle otro puesto dentro de la empresa. Uno con menos responsabilidades—. De todos modos, es demasiado trabajo para ella. Será mejor que le busque otro puesto en algún sector donde encaje mejor. No puedo permitir que mi secretaria cometa errores.

—¿De verdad piensas que eso es lo que me molesta?

—No tengo ni la menor idea, porque no me dices nada. —Connor suspiró y le sujetó las muñecas. Luego, se puso a trazar círculos sobre su piel—. Escúchame, Rosalie. Ya me conoces. Yo no cometo errores. Esto no es un error. Es una oportunidad. —Trató de sonreír para tantear el terreno—. Y soy experto en buscar oportunidades, ¿no? Por eso tengo éxito. Soy muy bueno en los negocios y estoy bastante seguro de que eso significa que también puedo ser buen padre.

Sin soltarle la muñeca, le levantó la mano y la apoyó sobre sus labios. Sentía la imperiosa necesidad de besar su piel suave, pero ella se soltó de un tirón.

—Yo estoy bastante segura de que significa todo lo contrario.

—¿Qué? —preguntó él. No terminaba de entender lo que estaba queriendo decir, pero, por lo poco que entendía, no le gustaba.

—Estás obsesionado con la empresa. No le prestas atención a nada, absolutamente nada, que no esté relacionado con tu trabajo.

Sonaba muy herida, pero Connor no entendía por qué. ¿Acaso él la había hecho sentir así? Y, si había sido él, ¿cómo? Estaba haciendo todo lo que podía.

—No opino lo mismo.

Parecía que Rosalie estaba a punto de responder, pero, antes de que pudiera hacerlo, se llevó la mano a la boca, se dio vuelta y fue corriendo al baño.

—Diablos —dijo Connor. La siguió deprisa y ella intentó cerrarle la puerta en la cara, pero él la frenó con el codo y la volvió a abrir—. Ay, Rosalie. Ay, diablos, estoy tan… Mierda.

Aguantando las náuseas que sentía, se puso de rodillas y le sujetó el pelo para quitárselo de la cara mientras ella vomitaba en el inodoro.

—No —gruñó Rosalie, pegándole para que se fuera.

Rechazándolo. Justo cuando decidía darlo todo, ella lo alejaba, literal-mente. Connor se sentía desconcertado, sin saber qué hacer. No era una victoria y él no sabía perder. Se puso en cuclillas y le acarició la espalda mientras ella seguía vomitando. Todo por culpa de su bebé. Jamás había sentido tanta impotencia en toda su vida.

4

Rosalie estaba llegando tarde al trabajo, pero, por primera vez, no se preocupó. Por lo general, era la primera en llegar a la oficina. Odiaba levantarse temprano, pero odiaba aún más decepcionar a los demás. Desde que había asumido el puesto de directora de extensión, se había propuesto salir todos los días antes de las siete de la mañana para pasar por una tienda de donas artesanales. Cuando llegaba a la oficina, dejaba la caja de donas sobre su escritorio y, a lo largo del día, las donas atraían a sus colegas, que, después de admirarlas y comentar que no debían romper la dieta, terminaban eligiendo alguna glaseada o rellena. Rosalie se decía que no le molestaba que la interrumpieran, que la felicidad de sus colegas justificaba todo: el gasto, levantarse a las cinco y media de la mañana, hacer fila en la tienda. Pero, después de lo del día anterior, se había dado cuenta de que estaba equivocada. Equivocadísima. Ser amable no la había llevado a ningún lado. En la oficina —qué demonios, en la empresa entera— todos le pasaban por encima. Ya era hora de que se hiciera valer. Y ¿qué mejor modo de hacerlo que quedarse durmiendo hasta tarde?

Al salir de su casa a plena luz del día, se sintió rara. Sonrió mientras los rayos de sol le acariciaban los hombros y, al pararse derecha, sintió otra oleada de náuseas y tuvo que apoyarse contra la puerta del auto para no perder el equilibro. Se llevó las manos al vientre con actitud protectora. Sabía que ese pequeño bulto que sentía debía ser producto de su imaginación. Era imposible que ya se le notara el embarazo. Aun así, se le infló el pecho y se sintió más decidida que antes. No iba a ser fácil reclamar lo que merecía; se conocía lo suficiente como para tenerlo claro, pero ya no lo hacía solo por ella. Se deslizó detrás del volante y acomodó el espejo retrovisor.

—Bueno —le dijo a su reflejo—, una última vez.

Mientras sacaba el auto de la entrada, lista para recorrer las calles menos transitadas hasta llegar a la oficina, se puso a ensayar su discurso una vez más. Por las dudas.

—Dean Custer se ha desempeñado de forma impecable como director de extensión regional, y tuve la suerte de trabajar a la par con él desde mis comienzos en McClellan. Ahora que ya falta poco para que se jubile, siento que soy la… No, eso no va. —Negó con la cabeza y se recordó que debía ponerse firme—. Soy la única candidata viable para ocupar su puesto.

En su opinión, el discurso sonaba bastante bien. La pregunta era: ¿Connor pensaría lo mismo?

—Tiene que funcionar —dijo, llevándose las manos al vientre otra vez.

Después de dejar el auto en el estacionamiento, se dirigió a la entrada de la oficina. El lugar de al lado estaba ocupado por un Maserati reluciente. Al verlo, tragó saliva. No había contado con que Connor iba a llegar antes que ella; se lo tenía merecido por llegar tarde. Cerró los ojos y revivió la humillación que había sentido al vomitar frente a él. Su intención había sido dejarle en claro que su arreglo se había terminado, que no podía usarla a su antojo y luego olvidar su existencia hasta la siguiente reunión con un cliente. Ya no. Estaba decidida. En cambio, lo único que había hecho era vomitar como una condenada mientras él la acariciaba y la consolaba. Por todos los cielos. ¿Cómo podía ser tan despistado? ¿Y por qué le resultaba tan adorable?

—Basta —dijo en voz baja.

Se obligó a dejar de pensar en él. Si se detenía en su sonrisa de costado o en su mata de pelo rebelde, iba a perder la calma, y no podía darse el lujo de hacer eso. Cuando entró a la oficina, Anna levantó la vista y la miró, expectante. Al ver que Rosalie había ido con las manos vacías, le cambió la cara, pero solo por un segundo.

—Buenos días. ¿Te sientes mejor?

—Sí —mintió Rosalie—. ¿Ya llegó el señor McClellan?

—Está arriba.

—¿Podrías avisarle por el interfono que voy a verlo? Quiero hablar con él ahora mismo.

Para disimular su curiosidad, Anna tomó la lista de números telefónicos y fue leyendo los internos uno por uno. La oficina de arriba solo se usaba cuando Connor estaba en la ciudad.

—Estoy llamando —le informó a Rosalie.

—¡Estoy yendo! —respondió ella y se dirigió hacia arriba. No iba a darle la oportunidad de esquivarla. Nada de lo que estuviera haciendo a esa hora de la mañana podía ser más importante que lo que ella tenía que decirle.

La oficina de Connor, ubicada arriba del todo, en el piso superior, era un agregado que flotaba sobre las demás oficinas, y Rosalie siempre pensaba que era como una casita del árbol muy elegante. Tras respirar hondo, abrió la puerta e inhaló la fragancia a madera, cuero y almizcle que decía «Connor» a gritos. Cuando él dejó a un lado su teléfono y le sonrió, sintió que flaqueaba, aunque fuera por una milésima de segundo.

—¡Buen día! Cierra la puerta si quieres —la saludó él. Ni bien la cerró, se le borró la sonrisa y puso cara de preocupado. Se levantó de un salto y se le acercó tan rápido que Rosalie sintió ganas de retroceder—. ¿Cómo estás? —le preguntó, al tiempo que acercaba la mano a su panza con actitud protectora, sin tocarla, pero aun así reclamándola como suya.

Rosalie se puso tensa. Cuando había ensayado su discurso, no había contado con que él iba a mostrarse tan atento.

—Mejor. ¿Podemos hablar un minuto?

—Claro que sí. —Acercó la mano otra vez, como si quisiera tocarla, pero la dejó caer—. Siéntate. Y quítate los tacones. No creo que te hagan bien.

De mala gana, Rosalie dejó que la guiara a la silla. Había pensado que él iba a sentarse del otro lado del escritorio, pero, en su lugar, arrastró su pesada silla hasta quedar sentado frente a ella. Como iguales. Tampoco había contado con eso.

—Tenemos que hablar —repitió. El discurso que tanto había ensayado se le borró de la cabeza.

—Ya lo sé. ¿Pediste turno con el ginecólogo? Supongo que ya tienes médico de confianza, pero, si quieres que pida recomendaciones, puedo conseguir a los mejores médicos de…

Rosalie levantó la mano para interrumpirlo.

—No vine a hablar del bebé. —Dudó un momento—. Bueno, un poco sí.

Connor frunció el ceño.

—Empecemos de nuevo, ¿de acuerdo?

Rosalie respiró hondo y trató de recordar su discurso, pero no pudo, así que decidió improvisar. Se lamió los labios y fue por todo.

—Necesito mantener a esta criatura. Por eso quiero que me asciendas al puesto de directora de extensión regional. Ya mismo.

De todas las cosas que podía haberle pedido, le pedía justo la que no podía darle. Dinero, contactos, una donación a una universidad prestigiosa para garantizar que su hijo recibiera la mejor educación. Podría haberle dado todo eso y más. Pero el puesto de directora de extensión regional significaba mudarse a la oficina de Los Ángeles, bajo supervisión directa del vicepresidente, Mitch. Fuera de su alcance. Connor negó con la cabeza.

—No me parece buena idea, Rosalie.

—Soy la única calificada para el puesto y lo sabes.

—No se trata de estar calificada o no… —Connor se frotó la nuca con expresión distraída mientras se devanaba los sesos intentando pensar cómo explicarle su postura.

—¿Y de qué se trata, entonces? —preguntó ella, sorprendida de la furia que sentía. Por lo general, siempre confiaba en el criterio de Connor para todo lo laboral.

—Hagamos una cosa: dejemos esta conversación para después de cerrar el acuerdo con Coney. No voy a abrir la búsqueda para el puesto hasta entonces. ¿Te parece?

Era una solución temporal buena y diplomática. Sin embargo, Rosalie reclinó la silla hacia atrás, se cruzó de brazos y lo fulminó con la mirada, sin disimular su enojo.

—No. Ya te lo dije. No voy a fingir que somos pareja. Ya no.

Connor tenía la misma sensación que cuando el acuerdo con Coney se había ido a pique: la impotencia de ver que lo que quería se le escapaba de las manos. Con la diferencia de que, por algún motivo, esta vez se sentía mucho peor.

—Bueno.

Volvió a sentarse, con la cabeza hecha un lío, y la miró a los ojos. Para su sorpresa, ella no desvió la mirada. Por lo general, siempre era la primera en romper el contacto visual; se echaba el pelo hacia atrás y esbozaba una sonrisa nerviosa pero simpática mientras miraba hacia otro lado. En ese momento, en cambio, le dirigió una mirada implacable, que despertó algo en él. Siempre había respetado a Rosalie porque era inteligente y muy trabajadora, pero este respeto era algo nuevo. Sintió el apremiante deseo —no, la necesidad— de explorarlo.

—Tengo una propuesta para hacerte —continuó.

Rosalie apretó los labios.

—¿No me escuchaste?

—Sí. No voy a pedirte que finjas nada. —Se acercó un poco más y apoyó los codos sobre las rodillas, con la esperanza de que Rosalie viera que estaba siendo sincero—. Quiero que me ayudes a cerrar el acuerdo con Coney. Tómalo como una audición para el puesto de directora de extensión regional.

—¿Que te ayude cómo?

—Igual que siempre —le respondió él—. Pero esta vez no vas a fingir nada. —Tragó saliva y agregó—: Y yo tampoco.

Rosalie abrió un poco más los ojos, de modo casi imperceptible. Connor había esperado otra reacción, pero ella se mantuvo calmada.

Descruzó los brazos y se inclinó hacia adelante, como imitando su postura.

—¿No vamos a fingir que somos pareja?

Él le acarició la mejilla con los nudillos y, al ver que ella no lo rechazaba, se atrevió a dar un paso más y entrelazó los dedos con los suyos. Por un momento, la suavidad de su piel lo distrajo de lo que quería decir, pero se obligó a volver a la realidad.

—Por una semana, este arreglo que tenemos será de verdad. Seré tu... —dijo él y titubeó un momento— novio.

Ella lo miró, divertida.

—¿Por una semana?

—Tómalo como mi audición para el puesto.

—¿Quieres postularte para el papel de novio?

—Creo que me saldría bien. —Rosalie ladeó la cabeza, como si estuviera mirándole el alma y le pareciera insuficiente. La idea le molestó —. Ya sé que no has visto lo mejor de mí. Pero quiero conquistarte, Rosalie.

—¿Conquistarme? —repitió ella entre risas—. ¿Todavía se usa esa palabra?

—No soy muy bueno con las palabras.

—Ni con las flores —agregó Rosalie.

—Es cierto —admitió él de mala gana—. Eso ya quedó más que claro, pero dame otra oportunidad.

—Si te dejo... —dijo Rosalie e hizo una pausa— tratar de conquistarme, ¿me darás una oportunidad para demostrar que me merezco el ascenso?

—Sí —respondió él. Para entonces, si tenía suerte, ella ya no iba a querer aceptar ese trabajo.

—Trato hecho.

Rosalie se levantó para darle la mano y Connor se echó a reír.

—Dadas las circunstancias, te iba a proponer que selláramos el trato con un beso.

Al oírlo, ella se mordió el labio, como si estuviera pensándolo. Luego, se acercó con actitud decidida y le dio un apretón de manos.

5

Rosalie se las arregló para conservar la calma hasta que Anna asomó la cabeza desde su escritorio. Sus rulos dorados y rebeldes ya se estaban soltando del rodete que solía hacerse para mantenerlos en orden. Ese pelo exuberante combinaba a la perfección con su personalidad: no había manera de controlarlos, ni a su pelo ni a ella. Mucho menos cuando sospechaba que había un buen chisme dando vueltas.

—¿Qué pasó? —susurró.

—Vamos a caminar.

Anna revolvió su bolso en busca del maltratado paquete de cigarrillos que siempre tenía a mano para ese tipo de ocasiones.

—Voy a comprarme un café —anunció en voz alta, por si había alguien escuchando—. ¿Quieres que te traiga algo, Rosalie?

—¡Voy contigo! —respondió ella, hablando igual de fuerte.

¿Alguien se preguntaría por qué Anna y ella nunca volvían con café cuando decían que iban a comprar uno? Una semana atrás, le hubiera preocupado lo que pensaran los demás, pero ahora tenía cosas más importantes en la cabeza. Todavía sentía un cosquilleo en la piel después del apretón de manos con Connor y le dolían los labios por los besos que les había negado. ¿Acaso había sido una locura aceptar ese plan descabellado? ¿Incluso aunque terminara consiguiendo el ascenso? Por el bien de su carrera, iba a tener que reprimir sus sentimientos, pero era difícil ocultar lo que sentía hacía tanto tiempo.

La primera vez que había visto a Connor McClellan había sido en el retiro anual de empleados en Nueva York. Entonces, Rosalie solo llevaba un mes y medio en el Grupo Tecnológico McClellan, así que todavía era la chica nueva. Los demás empleados de la oficina de Aspen, que acababa de abrir en aquel momento, habían comenzado a trabajar al mismo tiempo y, aunque no la trataban mal a propósito, a veces olvidaban que ella no estaba al tanto de sus chistes o temas de conversación. Rosalie se sentía tan sola que pasaba noche tras noche en vela, imaginando maneras de ganarse a sus colegas para caerles bien. Ese viaje a Nueva York —un lugar que antes solo había visto en programas de televisión— la había hecho sentir aún más como pez fuera del agua.

Hasta que conoció a Connor. Después de soportar una mañana entera de presentaciones de PowerPoint sobre la mentalidad de crecimiento, sus colegas ya ni se molestaban en disimular sus bostezos. Su única amiga, Anna, se había dejado puestos los lentes de sol durante toda la reunión y, cada tanto, emitía un tierno ruidito mientras roncaba junto a ella. De pronto, una corriente eléctrica había atravesado el salón. Todos se acomodaron en sus asientos y empezaron a cuchichear entusiasmados; de la nada, el clima soporífero se transformó en una energía vibrante.

—¿Qué pasa? —le había susurrado Rosalie a Anna.

—Llegó Connor —había respondido ella, como si el nombre tuviera un significado especial.

Rosalie nunca iba a olvidar la primera vez que lo había visto entrar al salón. Más allá de lo atractivo que era —aunque su pelo oscuro e indomable y su físico atlético y tonificado sin duda eran atractivos—, lo que más llamaba la atención era su energía. Como si fueran girasoles siguiendo el recorrido del sol en el cielo, todos lo habían observado mientras él cruzaba el salón. Cuando la miró aquella vez, Rosalie sintió que solo tenía ojos para ella. Había sido un flechazo adolescente, pero multiplicado por diez. Él la había escogido entre la multitud, le había preguntado su nombre y le había dado la bienvenida al equipo. En ese momento, Rosalie hubiera jurado que había sido el destino lo que la había llevado a ese momento, con la mano de Connor agarrando la suya y su mirada profunda clavada en ella. El contacto visual había sido tan intenso que, por un momento, había olvidado respirar y se le había escapado un jadeo muy poco profesional. Y, después, Connor le había soltado la mano y se había dirigido a otra persona.

Al irse del retiro, había pensado que se había olvidado de él y de ese patético flechazo. Después de todo, ¿qué clase de mujer profesional y ambiciosa ponía ojitos de enamorada al ver a su jefe? «Sí, te miró como si fueras la persona más interesante del mundo», se había dicho en el vuelo de regreso a casa. «Pero eso no significa nada». Se había esforzado por convencerse de que era cierto. De verdad. Había decidido que no iba a enamorarse de un hombre que jamás se fijaría en ella.

El único problema era que su determinación se había ido por la borda la primera vez que él le había pedido que fingiera ser su novia. Esa noche, había vuelto a su casa sintiendo que estaba en el séptimo cielo. No obstante, después de eso, Connor había regresado a Nueva York y había pasado semanas sin comunicarse con ella. Hasta que había necesitado que se hiciera pasar por su novia otra vez. Y otra. Y otra más. Después de un año así, Rosalie había empezado a preguntarse si era como uno de esos carteles viejos que había en el centro comercial al que iba de pequeña, en los cuales para poder ver bien la imagen había que enfocar la mirada de un modo particular. Cuando Connor se enfocaba en ella, sentía que él le veía hasta el alma. Pero, cuando se enfocaba en otra cosa, Rosalie dejaba de existir.

Se acarició la panza otra vez. Podía soportar que Connor solo le prestara atención de a ratos, pero su hijo no tenía por qué padecer lo mismo. Ni bien terminaron de escabullirse por la puerta trasera, Anna se detuvo en seco.

—¿Y? —le preguntó—. Ayer te fuiste porque te sentías mal y hoy volviste con una cara como si quisieras incendiar el edificio con la mirada. Y, encima de todo, fuiste directo a la oficina de McClellan y se encerraron a hablar. ¿Qué pasó?

—¿Cómo sabes que nos encerramos? —respondió Rosalie.

Anna sonrió y dibujo un círculo en el aire.

—No me obligues a revelar mis fuentes.

—¿Me seguiste? —preguntó Rosalie, tras poner los ojos en blanco y echarse a reír—. ¿De paso pegaste la oreja a la puerta y te pusiste a escuchar?

—¡Ey, tengo un poco de dignidad! —protestó Anna. Hizo una mueca y agregó—: No mucha, pero un poco sí.

Rosalie suspiró.

—Más que yo, seguro. —Se puso seria de golpe y Anna dejó de reír—. Bueno, pasaron varias cosas.

—Ya me di cuenta —repuso Anna, poniendo los ojos en blanco.

—Cosas serias —agregó Rosalie en voz baja, aunque no había nadie cerca que pudiera oírlas.

—Continúa.

Rosalie dudó un momento antes de llevarse la mano al vientre.

—Muy serias, del tipo de cosas que te cambian la vida.

Anna siguió con la mirada el movimiento de su mano. Cuando cayó en la cuenta de lo que estaba diciendo, abrió grandes los ojos y la observó boquiabierta.

—Dios mío, Rosie, ¿estás embarazada?

—Así parece.

—¿De cuánto estás?

—De seis semanas. —Asintió mientras Anna contaba con los dedos —. Sé lo que estás pensando, y tienes razón.

—No puede ser, ¿es de McClellan? —En respuesta, Rosalie se mordió el labio y Anna soltó un grito de entusiasmo—. ¡Vaya! ¿La pasaste bien? Tiene pinta de ser muy bueno en la cama. Ay, Dios mío... —murmuró, con una mirada traviesa.

Rosalie chasqueó los dedos.

—Ey, no te distraigas. Eso no importa.

—Eso es lo que más importa —la contradijo Anna y asintió con expresión pensativa—. O sea que te acostaste con tu jefe y ahora estás preñada.

—Bueno, tampoco lo digas así.

—Perdón, ya sabes cómo soy. Pero ¿para eso subiste? ¿Para decírselo?

En ese momento, Rosalie terminó de decidirse a contarle todo.

—No, él ya sabía. Vino a mi casa ayer a la tarde, justo cuando acababa de hacerme el test —respondió. Se palmeó las mejillas y comprobó que estaban hirviendo.

—Ay, no. Qué vergüenza —dijo Anna, soltando un quejido en solidaridad con su amiga—. ¿Y qué pasó?

—Discutimos y después me acarició la espalda mientras yo vomitaba.

—Tuviste un día lleno de emociones.

—Pero ahí no termina todo —continuó Rosalie. Se arremangó la camisa y se tronó el cuello antes de continuar—. Fui a pedirle el puesto de Dean cuando se jubile.

Anna la miró con los ojos como platos.

—¿Y?

—Me hizo una contraoferta —respondió Rosalie. Respiró hondo y agregó—: ¿Recuerdas que te conté que a veces fingimos que somos pareja en las reuniones con clientes?

—Me dijiste que olvidara que me lo habías contado —dijo Anna, sonriendo de oreja a oreja.

—¿Y lo olvidaste? —preguntó Rosalie.

—Claro que no —respondió Anna entre risas.

Rosalie también se rio.

—Bueno, mejor, porque necesito que me des un consejo. Le dije que quería un ascenso y me dijo que el negocio con Coney iba a ser como una audición para el puesto.

—Ay, qué innecesario. Estás capacitada para el trabajo.

—Ya lo sé. Gracias. Pero me dijo que, si quiero que me tenga en cuenta para el puesto de directora de extensión regional, yo también tengo que tenerlo en cuenta para un puesto.

Anna se quedó helada.

—¿Un puesto de qué?

—Para ser mi novio.

Al oírla, Anna lanzó un chillido tan agudo que los cuervos salieron volando, graznando furiosos.

—¡Shhh! —Rosalie le tapó la boca a su amiga sin dejar de reír—. No quiero que nadie se entere. No hasta tener un plan.

—¿Un plan? —murmuró Anna—. ¿Qué tienes que planear? Un tipo millonario y guapísimo quiere que seas su novia. Dile que sí. No hace falta ni pensarlo.

—Pero ¿a cambio de un ascenso? ¿No te parece...? No sé, ¿repugnante?

Rosalie fue directo al punto que la preocupaba. Se había acostado con Connor porque sentía algo por él, no porque quisiera un ascenso.

—Se lo ibas a pedir de todos modos —le dijo Anna—. Eres la única calificada para el puesto, todos lo saben.

—¿Lo dices en serio? —preguntó Rosalie y deseó tener la confianza suficiente para no necesitar oír esas palabras.

—Sí, así que piensa que este tipo millonario y guapísimo es la cereza del postre —respondió Anna y, de nuevo, apareció esa mirada traviesa —. ¿Es de esos tipos callados e intensos o le gusta decir cochinadas? Dime que es lo segundo.

Rosalie se sonrojó aún más al recordar todas las cochinadas que le había dicho.

—No sé si puedo hacerlo, Anna. Me parece que está mal.

—Muy mal —concordó ella, con los ojos brillantes—. Y muy bien a la vez. —Se le escapó otro rulo del rodete y, con un resoplido de impaciencia, volvió a acomodarlo en su lugar—. O sea que tienes una semana para ganarte la empresa de Coney y el corazón de Connor. —Al ver que Rosalie ponía los ojos en blanco, agregó—: No pongas esa cara, sabes que tengo razón. Creo que necesitamos un plan.

—Es lo que acabo de decirte —replicó Rosalie.

Anna hizo un gesto con la mano y le dijo:

—Cállate, estoy pensando. —Miró a lo lejos con actitud dramática y, luego, agarró a Rosalie del brazo—. Bueno, mamita linda. Ya sé lo que vamos a hacer. Te vamos a conseguir el trabajo y el hombre al mismo tiempo. ¿Estás lista?

—No —protestó Rosalie despacio, pero Anna ya la estaba arrastrando hacia el auto.

Mientras contaba los bocadillos que la empresa de *catering* había dispuesto en unas rústicas bandejas de madera, Rosalie rio en voz baja. Anna se había pasado toda la tarde hablando sin cesar sobre los detalles de su plan mientras se ocupaban de los preparativos para el evento de esa noche con los Coney; desde las flores hasta el *catering* y los autos para los invitados, ya estaba todo resuelto. Sin embargo, ahora que estaba en la sala de estar del elegante chalet que habían alquilado para la ocasión, controlando una vez más que todo estuviera bien, Rosalie ya no recordaba casi nada del complicado plan de Anna. Lo único que recordaba era la cara seria que había puesto su amiga al sujetarle el hombro y asegurarle: «Te lo ganaste. Ahora reclámalo».

«Eso voy a hacer, Anna», dijo para sí, formando las palabras con los labios. Iba a reclamar lo que era suyo. Pero primero iba a agarrar uno de esos bocadillos de higo antes de que se cayera de la bandeja y arruinara toda la presentación. ¿Qué otra cosa podía hacer? Se metió el bocadillo en la boca y soltó un gemido satisfecho justo en el instante en que Connor entraba a la habitación.

—Te pesqué —le dijo sonriente.

Rosalie masticó y tragó.

—¿Con qué? —preguntó ella, esbozando una sonrisa inocente.

Él desvió la mirada hacia la bandeja y le dijo:

—Quedó bien. Casi ni se nota que falta uno. —Estiró el brazo y, con una sonrisa traviesa, agarró el bocadillo del medio—. Ahora sí se nota.

—¡Ey! —lo regañó ella y le pegó en el brazo mientras él se reía y masticaba—. Ahora quedó desparejo.

—Diré que fue culpa tuya —bromeó él—. Después de todo, siempre te luces con las presentaciones.

Tras decir eso, sacó la lengua para limpiarse una miga y Rosalie tuvo que obligarse a despegar la mirada de sus labios. Eso no tenía nada que ver con el plan… Pero ¿cómo era el plan? Recordaba haberle contado a Anna que, cuando se habían besado, había sentido lo suaves que eran sus labios… De pronto, tensó los hombros.

—Más te vale que no estés tratando de arruinar mi audición a propósito, Connor McClellan.

Al instante, a él se le ensombreció la mirada.

—Jamás haría una cosa semejante, Rosalie —le aseguró.

Connor observó la decoración de la habitación, que tanto trabajo le había llevado, con las bandejas de cócteles bajo las ventanas, la vista a la montaña y las fuentes de bocadillos fríos del bufet, diseñadas ingeniosamente con la intención de que los invitados interactuaran y conversaran entre sí. También había una variedad de platos calientes listos para cuando llegaran los invitados, y un plantel de camareros que habían recibido órdenes de ser invisibles hasta que se les pidiera lo contrario.

—Sí que te luciste esta vez —le dijo admirado y, tras tomar dos copas alargadas, le ofreció una—. ¡Salud!

Rosalie miró la bebida burbujeante y balbuceó:

—Eh… Connor…

—Es *ginger-ale*. Con un toque más de jengibre —le aclaró él, mirándole la panza—. Se supone que es bueno para las náuseas.

—¿Cómo sabes eso?

Él la miró a los ojos antes de responder.

—Me metí en un foro de padres hoy. Voy a tener que aprender un idioma nuevo. ¿Qué es eso de «tiempo boca abajo», «peque» y todas esas cosas? ¿Por qué no pueden hablar como la gente normal?

—Ni idea —dijo ella débilmente.

—¿Te sientes mal? Pareces mareada.

Rosalie negó con la cabeza. Era cierto que estaba mareada, pero no era por el motivo que él pensaba. La idea de Connor, con el ceño fruncido, navegando en salas de chat de madres para buscar un remedio para las náuseas era… interesante, cuando menos. Connor alzó la copa y brindaron en silencio.

—¡Sí que tiene jengibre! —comentó Rosalie entre risas.

—Te estás poniendo colorada.

—Porque está picante —explicó ella y le ofreció la copa—. Me arde la lengua.

—Qué exagerada —repuso Connor, pero, tras dar un gran sorbo, comenzó a toser.

Al verlo ponerse rojo como un tomate, Rosalie se echó a reír.

—¿Ves? No soy ninguna llorona. Ya deberías saberlo.

—Tengo la boca prendida fuego —dijo él, resollando, y Rosalie se rio más fuerte.

—Pobrecito.

Cuando Connor la miró, sus ojos se ensombrecieron de deseo.

—¿Me das un beso para que se cure? —le preguntó, acercándose un poco.

Rosalie se lamió el labio inferior; esperaba que él no supiera lo tentadora que era la idea de besarlo.

—No te vas a morir. Me viene bien lo del jengibre igual —le dijo, ignorando su pedido a propósito—. Así, tengo algo para calentarme la garganta cuando ustedes beban unos tragos después de esquiar.

Connor parpadeó confundido, pero, como nunca, le permitió cambiar de tema sin decir nada.

—¿Sabes esquiar?

Rosalie se echó a reír, pero, al verlo fruncir el ceño, se puso seria.

—¿Qué, no sabías? Me crie aquí, Connor. Aprendí a esquiar antes que a caminar. Hasta gané medallas.

—¿Por esquiar? —La miró como si estuviera viéndola por primera vez—. ¿Cómo puede ser que no lo supiera? —preguntó, pero, al ver que ella abría la boca para criticarlo, le hizo un gesto con la mano y dijo—: Sí, sí, ya sé. Soy el peor. Pero, ahora que estoy a prueba para ser tu novio, quiero saber cuándo podemos enmendar esta situación. No puede ser que nunca hayamos esquiado juntos.

Se veía tan apenado y adorable que a Rosalie se le pasó el enojo.

—Bueno, ahora me toca a mí preguntar. ¿Sabes esquiar?

Él hizo un gesto confiado y respondió:

—Cuanta más superficie, menos fricción, y la gravedad ayuda. ¿Qué tan difícil puede ser?

Rosalie soltó una carcajada y estaba a punto de desafiarlo a una carrera colina abajo, pero cerró la boca cuando vio a su cliente acercándose. Al ver que le cambiaba la cara, Connor se dio vuelta.

—¡Ed Coney! —De una zancada, zanjó la distancia entre los dos y le tendió la mano—. Qué gusto volver a verte.

Su cambio repentino de actitud fue como un baldazo de agua fría para Rosalie. A pesar de que la temperatura en la habitación era muy agradable, se estremeció como si el sol se hubiera ocultado detrás de una nube, pero se obligó a sonreír y se acercó a Connor. Ed estaba exactamente igual que como lo recordaba, todo risas y con esa cabeza calva y reluciente que reflejaba la luz como un espejo. En una oportunidad, Rosalie se había mirado en su frente para ver si tenía espinaca entre los dientes. La señora Coney, por el contrario, no se parecía en nada a la mujer que recordaba, sobre todo porque era la nueva señora Coney.

—¡Bienvenida! —Rosalie le extendió la mano a la mujer. La señora Coney (versión 2.0) era muy distinta de la rubia amazónica que había conocido el año anterior. Menuda y delicada, con ojos almendrados, la mujer esbozó una sonrisa amistosa mientras le estrechaba la mano—. Es un gusto.

—Sí, esta es mi querida Dora —intervino Ed y abrazó fuerte a su esposa, que se retorció entre risas—. Mi media naranja. Es el doble de buena que yo, pero solo ocupa la mitad de lugar.

Ed sonrió, esperando que le festejaran el chiste, que de seguro hacía desde el día en que había conocido a su esposa. Connor miró de reojo a Rosalie para ver cómo reaccionar y, al ver que se echaba a reír, la imitó.

—Cualquiera que pueda aguantar a Ed vale su peso en oro —bromeó Connor mientras le daba un apretón de manos a Dora. Rosalie sonrió, contenta de que hubiera recordado hablar con la esposa de Ed, ya que ese había sido su error la vez anterior.

—¡Miren qué oportunos! Llegaron justo a tiempo para la comida —dijo Connor.

Señaló hacia el comedor, donde acababan de aparecer dos camareros que llevaban bandejas de bocadillos calientes. Uno de ellos levantó la tapa de la bandeja con un ademán ostentoso y, sin poder evitarlo, Rosalie se llevó la mano a la boca para reprimir las ganas de vomitar. Miró a su alrededor ansiosa, con la esperanza de que nadie hubiera notado su malestar por el fuerte olor de los camarones. Curiosamente, Dora se veía igual de incómoda que ella.

—Ed... —gimoteó la mujer.

Él miró un segundo a su esposa antes de reaccionar.

—¿Podemos saltearnos los mariscos? —preguntó. Le dio una palmadita al vientre plano de Dora y la miró con adoración—. Nuestro porotito está haciendo de las suyas en la panza de su mamá.

Dora volvió a gemir. Por su parte, Connor parpadeó confundido. Miró a una y, luego, a la otra; ambas mujeres estaban teniendo arcadas. Al final, cayó en la cuenta de lo que ocurría.

—Claro —dijo. Les hizo una seña a los camareros para que se retiraran y se acercó a la ventana—. Tomen aire fresco.

Cuando abrió los postigos, el aire puro de la montaña inundó la habitación, y Dora suspiró aliviada. En cambio, Rosalie se quedó rezagada. Por mucho que deseara apaciguar las náuseas y sacarse el tufo de los mariscos —¡y eso que amaba los camarones!— de la nariz, se quedó atrás, dubitativa. Ella y Dora estaban embarazadas; por eso las dos habían reaccionado así. La única diferencia era que Ed parecía encantado, pero ¿y Connor? ¿Acaso esperaba discreción de su parte? ¿Iba a hacerlo pasar vergüenza si admitía por qué tenía nauseas?

Como si le hubiera leído la mente, él le clavó la mirada desde el otro lado de la habitación. Sin quitarle los ojos de encima, le tocó el hombro a Dora y le preguntó:

—¿Ya te sientes mejor? Lo siento mucho, debimos darnos cuenta. — Agachando un poco la cabeza, agregó—: Mi novia también está embarazada.

6

Connor había dicho que eran novios delante de los invitados, así que se moría por saber cómo iba a reaccionar Rosalie. Deseó que se acercara un poco más a él, aunque verla de lejos cuando oyó sus palabras fue casi igual de lindo. Rosalie se puso toda colorada, desde las mejillas hasta el cuello, y su escote se tiñó de un lindo color rosado. «¿Acaso ya tiene los pechos más grandes?», se preguntó él. Ella abrió la boca, sorprendida, y formó una O perfecta con los labios, pero se controló y volvió a cerrarla. Al instante, le esquivó la mirada y miró a su alrededor antes de clavar los ojos en el piso y esbozar una sonrisa imperceptible pero satisfecha. Connor tenía ganas de saltar de alegría. Ya saboreaba la victoria. «Todavía no lo sabes, pero ya eres mía, Rosalie Bridges», se dijo. Y, por la cara de Ed Coney, que parecía gratamente sorprendido, también se lo estaba ganando a él.

—¡Bueno, bueno! —exclamó Ed, al tiempo que le palmeaba la espalda a Connor con un entusiasmo insólito en él—. ¡Te felicito, amigo mío! No hay mejor título que el de papá. Ni presidente, ni director ejecutivo, ninguno. —Tomó la mano delicada de Dora y se la llevó a los labios—. Estoy muy agradecido de que esta mujer me dé otra oportunidad de escuchar una vocecita infantil llamándome así.

Connor tosió para disimular la emoción inesperada que le habían generado esas palabras y miró de reojo a Rosalie, que estaba observándolo con expresión divertida.

—Muchas gracias, Ed.

—Y felicitaciones para ustedes también —dijo Rosalie, acercándose a ellos, y extendió los brazos para abrazar a Dora.

Connor las miró abrazarse y un entusiasmo que no tenía nada que ver con ganarse a Ed Coney comenzó a gestarse en su interior. Se quedó escuchándolas, contento, mientras ellas hablaban sobre la paleta de colores para el cuarto del bebé y lo difícil que era elegir un nombre a esa altura. Por primera vez en su vida, no estaba calculando todo para que el acuerdo saliera bien. Se dirigieron hacia el comedor y, muy pronto, las charlas casuales desplazaron a las conversaciones de negocios. Por suerte, una bandeja con hummus y pan de pita había reemplazado al infame plato de mariscos. Ed cortó un pedazo de pan y se lo dio a Dora.

—Si no comes cada quince minutos, te vas a sentir mal —le advirtió, mientras se oía un pitido que salía de su bolsillo—. Y ya pasaron quince.

—¿Te pusiste una alarma para darle de comer? —preguntó Rosalie. Se veía encantada.

—¿Tendría que hacer lo mismo? —intervino Connor mirándola—. ¿Se supone que los padres tienen que hacer eso? No tengo ni idea. Esto es lo más cerca que he estado de un bebé —agregó, apoyando la mano sobre el vientre de Rosalie— desde… Bueno, desde que yo mismo era bebé. No tengo experiencia con niños. ¿Hace falta poner alarmas? —El corazón comenzó a latirle desbocado al darse cuenta de lo poco que sabía sobre niños.

—Si eres Ed, sí. Pone alarmas para todo —respondió Dora entre risas y aceptó el bocadillo que le ofrecía su esposo—. Para que tome las vitaminas, para que coma, para que tome agua.

—¿Se podría decir que estás entusiasmado? —le preguntó Rosalie a Ed.

Él terminó de masticar y puso cara pensativa.

—Tengo dos hijas de mi primer matrimonio, pero ya están grandes y no me necesitan como cuando eran pequeñas. Por eso, estoy feliz de volver tener a una personita que sea mi vida entera. Aparte de mi esposa, claro. —Miró a Connor a los ojos y agregó—: Mi familia lo es todo para mí.

El énfasis de las últimas palabras quedó flotando en el aire. El mensaje que le estaba dando era muy claro y Connor lo entendió al instante. Ed le estaba haciendo saber por qué había perdido el negocio la primera vez y lo estaba desafiando. «¿Acaso me equivoqué? ¿Eres un hombre de familia? Entonces demuéstralo», parecía decir su tono.

Connor tragó saliva. Ese era el pie para encaminar la conversación hacia el terreno que quería y explicarle a Ed todo lo que el Grupo Tecnológico McClellan podía hacer por su empresa. Era su oportunidad para diferenciarse de las demás empresas de tecnología que competían por ganarse a Ed. Lo único que tenía que hacer era demostrarle que él también priorizaba a su familia. Pero ¿cómo iba a lograrlo sin Rosalie?

Su madre nunca se lo había dicho abiertamente, pero Connor era un niño intuitivo e inteligente o, por lo menos, eso le gustaba pensar. Veía la mirada triste de su madre cada vez que le contaba que sus amigos del colegio pasaban el verano en la cabaña de sus tíos o que se iban de viaje con toda su familia a Disneylandia. Aunque no le había advertido que desconfiara de esos vínculos, sus acciones y el modo en que resoplaba con desdén ante la idea de tener una gran cena de Día de Acción de Gracias le habían enseñado todo lo que necesitaba saber. Ni siquiera haberse reencontrado con sus primos, Arthur y Vane, luego de la muerte de su abuelo había despertado el gen del cariño familiar en su ADN. De hecho, la relación que tenía con su madre se asemejaba más al vínculo entre entrenador y atleta que al de madre e hijo. Natalie McClellan quería demostrarle al mundo lo que valía y Connor era la prueba viviente de su éxito. Todavía recordaba las mañanas bostezando en el asiento delantero de su camioneta destartalada mientras ella lo llevaba de una clase a la otra.

—Tómate esto —le decía a Connor, de tan solo diez años, y le metía una taza de café frío entre las manos—. Y presta atención en clase.

Él prestaba toda la atención que podía. Es decir, toda la atención de la que era capaz un niño testarudo y adicto a la cafeína. Pero, cuando cumplió doce años, llegó a un punto de quiebre. Su madre siempre se había quedado ayudándolo con la tarea escolar hasta tarde, pero, el año que Connor pasó a octavo grado, consiguió un nuevo trabajo y dejó de estar tan pendiente de sus logros. Aprovechando la oportunidad, Connor «olvidó» contarle sobre el proyecto que tenía que presentar para ganar la «Beca para Jóvenes Científicos» y entrar en la prestigiosa escuela secundaria a la que su madre quería enviarlo. Cualquier otra madre hubiera puesto el grito en el cielo. Connor lo sabía perfectamente. Sin embargo, su madre no lo regañó por haber quedado afuera del programa, a pesar de que había vendido su auto para que él pudiera entrar. Solo lo arrastró al autobús y fueron de compras juntos.

Connor todavía recordaba lo entusiasmado que se había sentido cuando su madre llenó el carrito con todos los productos caros y de marca que, por lo general, no tenía permitido comprar. Con el visto bueno de su madre, había agarrado toda la comida chatarra de sus sueños y la había metido en el carrito hasta que ya no cupo nada más. Entonces, se quedó esperando a que su madre se dirigiera a la línea de cajas, pero, en lugar de hacer eso, ella dejó el carrito en medio del pasillo y se marchó.

—¿Qué estás haciendo? —le había gritado él, corriendo tras ella.

Ella se había detenido en la entrada. Connor nunca iba a olvidar cómo lo había mirado mientras pronunciaba, de forma clara y concisa, aquellas palabras que le habían dolido más que un puñetazo en el estómago.

—Todas esas cosas caras que quieres no salen ni la mitad de lo que gasté para que participaras del programa. Sé que podrías haber ganado esa beca y tú también lo sabes. Y tiraste todo a la basura. Dejaste todo ese dinero ahí, igual que estoy haciendo yo ahora. —Luego, su madre había entrecerrado los ojos y había dicho las palabras que resonaban en sus oídos hasta el día de hoy—: Cuando fracasas, tiras todo a la basura. Cuando pierdes el foco, Connor, pierdes todo.

—¿Ves seguido a tus hijas? —le preguntó Rosalie a Ed para llenar el silencio incómodo—. ¿Están contentas de que van a tener otro hermanito o hermanita?

Al oírla, Connor se obligó a dejar de pensar en las palabras de su madre y a volver a la realidad.

—Dora se ha portado de maravillas con ellas. Nunca les exigió nada —respondió Ed, asintiendo. Le sonrió con cariño a su esposa y le dio otro pedazo de pan—. Por eso, se sienten muy cómodas con ella. Mi hija mayor, Rachel, hasta preparó una presentación de PowerPoint para convencernos de contratarla de niñera y para comentarnos qué tarifas le parecen acordes. —Soltó una risita y agregó—: Le dije que la mayoría de los chicos de trece años no ganan veinte dólares la hora.

—Pero es un sueldo razonable para una niñera —acotó Dora—. Y Rachel me da mucha más confianza que una desconocida. —Miró a Rosalie y le dijo—: Yo tengo tres hermanos menores, todos solteros. Mi hermanita Felipa tiene catorce años. Por suerte, se lleva bien con

Rachel. Si no, seguro habría una competencia para ver a quién le toca ser niñera.

—Vaya, qué familia grande —respondió Rosalie. Miró a Connor como esperando que participara de la conversación, pero él se quedó callado—. No sé si sabían, pero Connor y su mamá son muy unidos.

Ed levantó las cejas.

—¿De verdad? ¿Cuidas mucho a tu madre?

Connor miró a Rosalie con gratitud.

—Claro que sí. Me crio ella sola. Somos un equipo. Todo lo que tengo se lo debo a ella.

—Y también eres muy unido con tus primos —agregó Rosalie—. ¿No?

—Bueno, no sé si tanto —respondió Connor sonriente, ya más cómodo—. ¿Estar unidos es pedirles su opinión solo para demostrarles lo equivocados que están?

Ed soltó una carcajada.

—Según mi definición, sí.

—Sí, en ese sentido creo que somos más como hermanos —agregó Connor. Sin poder contenerse, apoyó la palma de la mano en la nuca de Rosalie—. No sabía que les prestabas tanta atención a mis primos —le dijo al oído con tono provocador, sintiendo la suave fragancia a lilas de su pelo.

A ella se le iluminaron los ojos.

—Siempre presto atención. Nunca se sabe cuándo va a venir bien tener esa información.

Connor se echó a reír, contento. No recordaba haberle mencionado a Arthur y Vane; por eso, que Rosalie supiera lo mucho que valoraba la relación con sus primos le hizo sentir una calidez agradable en todo el cuerpo. Calor, incluso. Le corrió el pelo de la oreja y, guiándola hacia la silla con cuidado, le preguntó:

—¿Cómo te sientes? ¿Quieres más *ginger-ale*?

Rosalie sonrió y asintió. Connor les hizo señas a los empleados para que se acercaran con bebidas frescas y tomaron asiento para que les sirvieran el plato principal.

—Creo que Rosalie les informó el menú con anticipación —dijo, tras cerciorarse—, pero si hay algo que no te guste, Dora, avísame y le pediré al chef que prepare algo más de tu agrado.

Ed asintió con expresión pensativa y se sintió un cambio repentino en el ambiente. Connor lo miró, expectante, y tuvo la sensación de que Ed lo estaba evaluando. El viejo se reclinó hacia atrás en la silla y se llevó las manos detrás de la cabeza mientras asentía como si estuviera tratando de descifrar un rompecabezas.

—Debo confesar que no tenía grandes expectativas para este fin de semana, McClellan —dijo. Connor se obligó a mantenerse inmutable —. No me malinterpretes, valoro que hayas tomado la iniciativa de llamarme. Hace falta tener huevos para eso. Unos huevos enormes…

—Ed —lo regañó Dora.

—Perdón, querida. No me puedes sacar a ningún lado, ¿no? —Ed se echó a reír y se frotó las manos mientras los empleados les servían la comida—. Menos mal que te tengo.

—Ponte la servilleta en el regazo —le recordó su esposa— o te vas a ensuciar todo.

Era obvio que a Ed le encantaba que lo regañaran y Connor no tardó en notarlo. Le hacía caso a su esposa en todo y hasta dependía de ella para que le recordara lo que tenía que hacer. «Tú dependes de Rosalie», se dijo. Apoyó la mano sobre el muslo de Rosalie por debajo de la mesa y se tomó un instante para disfrutar del delicado color rosado que le tiñó las mejillas.

—No me hizo falta tener coraje —dijo, mirando de reojo a Dora, que asintió como aprobando su vocabulario educado— en lo más mínimo, Ed. Estoy seguro de que McClellan puede ayudarte a transformar tus sistemas operativos. No lo digo solo porque quiero cerrar el acuerdo. De verdad estoy convencido de que podemos ser el motor que te ayude a expandir el alcance de Ventura.

Connor ya se estaba preparando para dar su gran charla promocional cuando Ed lo detuvo con un gesto de la mano.

—El tema es este: tanta charla sobre transformar y expandir... la verdad es que me aburre. Soy un hombre sencillo. Ventura era la empresa de mi padre y tengo que honrar su legado. No tiene nada de malo hacer las cosas como se hicieron siempre. Qué demonios, a mi papá le resultó bastante bien, y yo me llené de dinero. —Se rio de su propio chiste y continuó—: En mi opinión, toda esta tecnología moderna parece mucho palabrerío. Un invento para que un grupo de cerebritos tramposos y despeinados —Connor contuvo las ganas de pasarse los dedos por su propia mata de pelo— te mareen con su discurso y se queden con todo tu dinero.

Connor sintió que Rosalie le estaba clavando la mirada. Ella, al igual que él, sabía bien de qué se trataba todo eso. Era un desafío. Y Connor nunca se acobardaba frente a un desafío.

—Bueno, Ed, te agradezco por plantearlo así, porque ahora ya sé lo que tengo que hacer —dijo, esperando que el otro picara el anzuelo.

—¿Qué tienes que hacer, McClellan?

Connor dejó a un lado el tenedor y se preparó para dar el golpe final.

—Tenía la esperanza de aprovechar la cena para darte un discurso y explicarte de qué forma nuestra tecnología te puede cambiar la vida.

—Me gusta mi vida tal como está —refunfuñó Ed.

—Me doy cuenta. Por eso he decidido callarme ya mismo.

Tal como era de esperarse, Ed levantó las cejas, desconcertado.

—¿Así nomás? ¿Te das por vencido?

—No, no. Yo no me doy por vencido. Pregúntale a ella si no —respondió Connor. Le apretó el muslo a Rosalie y ella soltó un grito ahogado—. Pero voy a darte la oportunidad de que veas nuestro *software* en acción—. Miró a Rosalie de reojo y vio que ya había comprendido su plan y estaba decidiendo los pasos necesarios para ponerlo en marcha—. Vamos a hacer un simulacro. Te voy a mostrar los dos sistemas, el tuyo y el nuestro, para que veas con tus propios ojos cuál es mejor.

Ed miró a Dora, que asintió; parecía que le gustaba la idea. Él soltó una risita.

—Me parece bien.

—¿Sí? —Connor no podía creer que su idea hubiera funcionado.

—Pero tengo una condición —agregó Ed.

—¿Cuál es?

—Hagamos el simulacro después de esquiar.

Connor abrió la boca para protestar. Quería la victoria y la quería ya mismo. Además, socializar fuera del ámbito de negocios no era su punto fuerte. Buscando la manera de encontrarle la vuelta a ese imprevisto en su plan, miró a Rosalie, pero ella se acercó a Ed y asintió.

—Por supuesto, Ed. Para algo estamos en Aspen, ¿no? —respondió, mirando a Connor con cara de pocos amigos—. Nos viene bien divertirnos un rato. Hay tiempo de sobra para trabajar.

7

El cielo estaba celeste y radiante. Durante la noche, había caído una copiosa nevada y la nieve yacía resplandeciente bajo los rayos del sol, cubriendo el mundo de polvo de diamantes.

Entusiasmada, Rosalie se calzó las botas de esquí. No había nada mejor que salir temprano por la mañana a esquiar sobre la nieve fresca. Ansiaba subir hasta la cima en la telesilla, llenarse los pulmones con el aire fresco de la montaña y sentir la adrenalina de las pistas negras de doble diamante. Cuando Connor maldijo en voz baja, se echó a reír y, al instante, descartó la idea de desafiarlo a una carrera, ya que el pobre ni siquiera podía ajustarse las presillas de las botas.

—¿Necesitas ayuda?

—Yo puedo solo —respondió entre dientes.

—Yo sí acepto la ayuda, ya que te ofreces —intervino Ed Coney con tono alegre desde el otro lado del hotel. Señaló las botas con una mueca de impotencia y agregó—: Ya hice esquí a campo traviesa antes, pero debo admitir que estoy bastante perdido.

—No te preocupes —le dijo Rosalie.

Le explicó cómo ajustar las botas para mantener el equilibrio y, luego, fue a ayudar a Dora a encontrar bastones de esquí apropiados para su contextura diminuta. Al terminar, miró a Connor, que se veía triunfante... y demasiado guapo para su propio bien. Todavía tenía el pelo alborotado como si acabara de despertarse y una mirada somnolienta, la misma que recordaba de la mañana siguiente luego de dormir juntos. Intentó concentrarse en el cliente y en su trabajo, pero, a pesar de sus buenas intenciones, no pudo evitar notar que la ropa de esquí de Connor resaltaba cada línea de su cuerpo escultural. Sintió la boca seca. Bendito fuera el que había inventado esas ajustadas mallas de esquí. Cuando Connor notó dónde estaba clavando la mirada, le guiñó el ojo, y Rosalie se sonrojó.

—¿Listos para dar unas vueltas de práctica? —preguntó ella, un poco demasiado entusiasta. Trató de mantener una actitud digna mientras salían, pero Connor fue riéndose por lo bajo todo el camino hasta las telesillas. Al llegar, quiso ir a las pistas negras de diamante, pero Rosalie insistió en que empezaran con las pistas para principiantes—. Estamos tratando de ganarnos a los clientes, Connor, no de matarlos —le dijo en voz baja.

Culpar al cliente por el cambio de pista fue suficiente para contentar el orgullo de Connor, así que accedió sin protestar. Y menos mal que fue así, porque, ni bien empezaron a esquiar, Rosalie vio que Connor no estaba listo. Para nada. Al igual que con todo lo demás, Connor se había metido de lleno en la pista con una determinación implacable que hasta daba un poco de miedo. Rosalie se quedó mirando —entre impresionada y horrorizada— mientras él se desplazaba cuesta abajo a toda velocidad, haciendo demasiado peso hacia adelante, como si no confiara en que la gravedad fuera a hacer su trabajo. Ed, por el contrario, recorría la pista a paso de tortuga. Mientras Dora le gritaba palabras de aliento, él iba cuesta abajo de a un centímetro a la vez, y, cada tanto, se detenía para hacer modificaciones mínimas en su trayectoria.

Cuando por fin llegó abajo, estaba blanco como un papel. Dora lo agarró del codo y le dijo:

—Ed, mira. Hay una pista de trineos. Siempre que venimos, Rachel y June acaparan los trineos. ¿Cuándo fue la última vez que diste una vuelta?

Ed la miró con ojos brillantes.

—Esas niñas malcriadas siempre son las únicas que se divierten —gruñó en chiste—. Tienes razón, nos toca nosotros.

—¿Quieren que los acompañemos? —preguntó Rosalie y señaló a Connor, que ya había vuelto a subir la pendiente y estaba bajando por segunda vez. Parecía una bola de nieve humana, precipitándose a toda velocidad por la pista y levantando una nube de nieve a su paso.

—¿Y arruinarle la diversión? —respondió Ed, echándose a reír—. Tu novio ya piensa que soy un viejo cerrado. No quiero demostrarle que tiene razón. —Se acercó un poco a Rosalie y agregó—: Aunque tal vez te convenga recordarle que no es invencible.

Ella apretó los labios y dijo:

—Creo que tienes razón.

Mientras los Coney se despedían de ella, Rosalie se dio vuelta justo cuando Connor pasó volando a su lado, a tanta velocidad que estuvo a punto de estrellarse contra el hotel. A último momento, clavó los bastones en la nieve y se detuvo tan bruscamente que se le enrojeció el rostro y se le marcaron los músculos debajo de la ropa. Rosalie esperaba que fueran las hormonas las culpables de que se le hubieran aflojado las rodillas.

—Oye, rayo veloz —lo llamó. Se le acercó esquiando y le dijo—: ¿Por qué no te lo tomas con calma?

Él se quitó el casco; tenía el pelo más descontrolado que antes, y Rosalie sintió el deseo apremiante de peinarlo con los dedos.

—¿Por qué? ¿Te estoy haciendo quedar mal?

—¿Perdón?

Él le guiñó el ojo.

—Bueno, te criaste aquí, pero es obvio que yo soy mucho mejor esquiador que tú.

Rosalie resopló.

—Ya quisieras.

—¿Apostamos? Hablas mucho, pero haces poco —la desafió él.

—¿Y qué te gustaría que hiciera? —Cuando Connor abrió grandes los ojos, Rosalie se obligó a no sonrojarse. Si quería decir cosas con doble intención, bien, ella también podía hacer lo mismo. No iba a dejar que la pusiera nerviosa—. Eres rápido, pero te falta... delicadeza.

—Hace unas semanas no decías lo mismo —respondió él, levantando una ceja—. Y te recuerdo que tampoco te quejaste de mi rapidez.

—Esa vez hasta me dejaste terminar primero —recordó Rosalie. Se humedeció los labios antes de ponerse el casco—. ¿Hoy también me vas a dejar terminar primero?

—Te prometo que me voy a asegurar de que siempre sea así, mi amor —respondió él. Le guiñó el ojo antes de ponerse el casco y agregó—: Menos cuando esquiamos.

—¿Es una carrera, entonces? —preguntó ella, más que dispuesta a aceptar el desafío.

—Preparados, listos, ya, mi amor. Vamos.

Para disimular lo mucho que le gustaba que le dijera «mi amor», Rosalie se dio vuelta de golpe hacia la telesilla. Como notaba que él le estaba clavando la mirada, movió las caderas de forma exagerada al esquiar.

—Estás tratando de distraerme —se quejó Connor desde atrás.

—En el amor y en las carreras, todo vale.

Connor se echó a reír y aceleró para alcanzarla, tras lo cual se sentaron juntos en la telesilla. Rosalie era muy consciente de la intensidad de su calor contra el aire frío y salpicado de nieve. Y era incluso más consciente de lo extraño que era compartir un momento así con Connor. Por lo general, solo les prestaba atención a los clientes. Por eso, por dentro estaba sorprendida de que no le hubiera preguntado dónde estaban los Coney ni hubiera preferido seguirlos a la pista de trineos, empecinado en ganárselos con su encanto. La había preferido a ella. Y ¿en cuanto a su encanto? Bueno, se la estaba ganando a ella, eso era seguro.

Durante todo el camino hasta las pistas negras de diamante, Connor bromeó con ella y le contó chistes para hacerla reír. Para cuando llegaron a la cima, Rosalie se sentía mareada, pero no solo por el aire puro de la montaña.

—Entonces… —Connor esquió junto a ella hasta la cima de la pista —. ¿Cómo funciona? ¿El primero en llegar abajo gana? ¿O hace falta pasar por esas cosas sobresalientes para que cuente?

Rosalie resopló.

—Bueno, en primer lugar, esas «cosas sobresalientes» se llaman baches y sí, se supone que tienes que saltar por encima. Ese es el punto.

—Claro, ya lo sabía.

—Dime la verdad, Connor. Sabes esquiar, ¿no?

En las pistas para principiantes, se había desenvuelto bastante bien, pero Rosalie no pudo evitar preguntarse si había hecho mal en empujarlo hasta ese extremo. Él se encogió de hombros.

—Me viste con tus propios ojos.

Lo había visto, era cierto. De pronto, la invadió la necesidad de protegerlo.

—No hace falta que hagamos esto —protestó.

Cuando Connor esbozó una sonrisa deslumbrante, se le aflojaron las rodillas.

—Vamos, mi amor. Hasta te daré ventaja.

La culpa era suya por haberle dicho «mi amor». Ese apodo cariñoso la había hecho perder el foco y había empezado la carrera con el pie izquierdo. Se había inclinado de costado al pasar por el primer bache y, al perder el equilibrio, había estado a punto de chocarse de lleno con los pinos frondosos que bordeaban la pista. Cuando se detuvo para enderezarse, comprendió que iba a tener que aceptar la derrota. Echó un vistazo montaña abajo, esperando ver su figura vestida de negro ya a mitad de camino, pero Connor no estaba por ningún lado. Recorrió con la mirada la zona detrás de ella, cuesta arriba, y encontró a Connor. Había caído sentado.

—¡Estoy bien! —vociferó, tratando de levantarse. Hundió su bastón en la nieve e hizo fuerza para subir, pero su pierna derecha salió disparada y volvió a trastabillar y caer. Mientras la brisa se llevaba sus insultos, Rosalie soltó una risita.

—¿Seguro?

—Me gusta la tecnología, no el deporte.

—Me parece que el sentimiento es mutuo —respondió ella y, con cuidado, esquivó a los otros esquiadores para ir a su encuentro—. Y yo ya no tengo el estado físico de antes —admitió.

—¿Y si mejor evitamos los baches? —propuso él. Le rodeó el hombro con el brazo y se apoyó en ella para recuperar el equilibrio. Una vez más, Rosalie fue consciente de la cercanía de su cuerpo cuando él la abrazó. Se quedó paralizada y sintió un latido lento y constante en su interior. Cuando lo miró, la cara de Connor estaba a contraluz y su sonrisa se perdió en las sombras, pero igual sintió la calidez en su voz —. Gracias, mi amor.

Rosalie levantó la cabeza, buscando sus labios, pero él salió disparado.

—Se acabó el descanso —exclamó mientras se alejaba.

—Eres un...

Empujando con fuerza los bastones, Rosalie se agachó y, en poco tiempo, lo sobrepasó. La frustración la hacía sentirse más concentrada y, de pronto, su espíritu competitivo, que creía olvidado, volvió a despertarse. Su mente quedó en segundo plano mientras su cuerpo recordaba cómo manejar la pista y dominar el cambio constante entre ritmo y equilibrio que había tenido automatizado por tanto tiempo.

Rosalie había sido una de las mejores atletas de esquí nórdico del circuito juvenil. Su talento natural, nutrido por horas y horas en las pistas, la había llevado a ser, a la edad de nueve años, muchísimo mejor que todas las niñas de su equipo, incluso las que eran mayores que ella. Su estatus de esquiadora estrella la llenaba de orgullo, pero todo había cambiado la noche antes del campeonato regional. Su equipo había llegado el día anterior para familiarizarse con el terreno, y, al caer la tarde, Rosalie había salido a correr con su amigo Ryan Fisher, el mejor esquiador de la división de niños. Aunque se conocían hacía tiempo, desde sus comienzos en las pistas para principiantes, nunca habían competido entre sí, ya que en las competencias los dividían por género. Al llegar a las pistas, Rosalie lo había desafiado a una carrera. Tenía el recuerdo de ese momento grabado en su mente, incluso hasta el día de hoy.

—Nunca competimos cabeza a cabeza —le había dicho ella, muy confiada—. Vamos, muéstrame lo bueno que eres.

Resultó que, al final, Ryan no era tan bueno. Rosalie logró sobrepasarlo apenas unos metros después de cruzar la línea de partida y, motivada por llevar la delantera, lo dio todo, riendo y vitoreando mientras se agachaba y superaba cada bache como si fuera pan comido. Con esa actitud temeraria e implacable, venció a Ryan tan fácilmente que hasta llegó a clavar los bastones y quitarse el casco mientras él aún seguía en la pista.

—¡Te gané! —gritó Rosalie, mirando ansiosa a su alrededor para ver si alguien más había presenciado su triunfo—. ¡Te di una paliza! —Acababa de aprender ese insulto y lo pronunció con todo el disfrute de una niña de nueve años. Cuando vio a sus compañeras, Cassie y Taylor, les preguntó—: ¿Vieron? ¿Vieron la paliza que le di?

Cassie esbozó una sonrisa forzada, pero Taylor negó con la cabeza y frunció el ceño.

—A nadie le gustan los fanfarrones, Rosalie —masculló Ryan y a Cassie se le borró la sonrisa.

—No soy una fanfarrona —protestó Rosalie—. Fue por diversión y te gané limpiamente.

Ryan se quitó las gafas de esquí. Rosalie nunca iba a olvidar las líneas rojas y furiosas que le surcaban las mejillas y le enmarcaban los ojos mientras miraba al piso y luego a ella.

—No fue divertido.

—¡Claro que sí! —lo contradijo Rosalie, con un nudo en la garganta. No entendía por qué Ryan estaba tan molesto—. Si quieres competimos otra vez. Quizá si te esfuerzas más…

Él la miró furioso.

—¿Sabes qué, Rosalie? No le agradas a nadie. No le agradas a nadie porque siempre ganas y los demás nunca tenemos ni una oportunidad —le dijo. Se sacó las botas de una patada y se cargó los esquíes al hombro, al tiempo que la fulminaba con la mirada—. Nunca vas a tener amigos si no dejas de ser tan fanfarrona.

Si le hubiera gritado, quizá Rosalie lo hubiera ignorado y hubiera adjudicado sus palabras al amargor de la derrota. Pero parecía que Ryan sentía pena de verdad… por ella. Lo había lastimado sin querer y él le estaba advirtiendo que no volviera a cometer ese error.

«No le agradas a nadie porque siempre ganas». Rosalie negó con la cabeza y dejó a un lado ese recuerdo. Se enderezó y, derrapando un poco, posicionó los esquíes para que formaran una V y le permitieran ralentizar la bajada. Iba a ganarle a Connor fácilmente, pero ¿a qué costo? ¿Le iba a seguir gustando si lo superaba? ¿Le iba a seguir diciendo «mi amor» si lo hacía pasar vergüenza delante de todo el mundo?

Con el corazón en la boca, Rosalie se movió con torpeza a propósito para caer sentada. Esperaba que, si fingía que se había caído, Connor iba a aprovechar la oportunidad para hacerse el héroe e iban a interrumpir esa peligrosa competencia antes de que se saliera de las manos y arruinara todo. Cuando Connor pasó a su lado como un rayo, a Rosalie le latió fuerte el corazón y se levantó para alentarlo, pero, en ese momento, a él se le cruzaron las puntas de los esquíes y cayó de bruces.

—¿Estás bien? —le preguntó ella, yendo deprisa hacia él—. ¿Te lastimaste?

Connor escupió y se limpió la nieve de la boca.

—Solo mi orgullo —gruñó, mirándola—. Supongo que ganaste entonces —agregó, señalando los esquíes de Rosalie, que estaban apenas unos centímetros delante de los suyos—. Y en buena ley, además. Esquías muy bien.

Rosalie se sintió orgullosa y, en parte, aliviada. Connor no le guardaba rencor por haberlo vencido. Todavía le gustaba. Llena de confianza en sí misma, le dio una palmadita en el brazo.

—Gracias. ¿Te puedo dar un consejo que quizá te ayude?

—¿Crees que necesito ayuda?

Rosalie se puso nerviosa por un momento, pero luego vio que una sonrisa divertida se asomaba en sus labios.

—¿Me equivoco? —le preguntó, desafiante.

—Acepto cualquier consejo llegado este punto.

—Estás poniendo demasiado peso adelante. ¿Ves cómo me paro yo? —le dijo Rosalie, agachándose para mostrarle la técnica.

—Me... distrae cómo te estás parando, sí —respondió él mientras le miraba con detenimiento el trasero.

Rosalie se rio y le dio un cachetazo en broma.

—Es difícil de explicar. Mejor te lo muestro. ¿Quieres que probemos de nuevo?

Una vez más, Connor la sorprendió al aceptar y la sorprendió aún más cuando accedió a practicar en la pista verde de diamante.

—Nada de baches —dijo cuando llegaron a la cima. Parecía aliviado.

—Bueno, ¿ves que tienes las rodillas flexionadas pasando los tobillos? Prueba ponerte así.

Rosalie le mostró cómo hacer para mantener en equilibrio su centro de gravedad y, aunque frunciendo el ceño, él imitó sus movimientos. Cuando empezó a deslizarse colina abajo, apareció una expresión alarmada en su rostro.

—¡Tú puedes! —lo animó ella, yendo tras él—. ¡Bien hecho! ¡Vas muy bien! —Mientras él maniobraba para frenar sin perder el equilibrio, Rosalie esquió deprisa y se detuvo junto a él—. ¡Estuviste muy bien! Aprendes rápido.

Él la estrechó entre sus brazos y respondió:

—Porque tú eres una gran maestra.

Soltó una carcajada y, sin darle tiempo a responder, la besó. Ella entreabrió los labios al instante, ansiosa por sentir la caricia de su lengua y su barba áspera contra las mejillas. Mientras se fundían en un beso apasionado, le rodeó el cuello con los brazos y él gruñó, protestando por los esquíes que estorbaban, antes de gemir despacio y atraerla hacia sí. Sus esquíes se enredaron y entrelazaron, igual que sus cuerpos. Connor la sujetó de la cintura y la acercó a él, sin hacer ningún esfuerzo por disimular la erección que comenzaba a crecer bajo sus ajustados pantalones de esquí. Rosalie sintió que una corriente eléctrica le recorría la columna y encendía un fuego en su vientre. Le tocó la cara y le acarició las mejillas mientras él levantaba la cabeza para darle un profundo beso y…

Cuando oyó el grito de advertencia, ya era demasiado tarde. Rosalie tiró la cabeza hacia atrás y soltó un chillido de horror al ver que un niño iba disparado hacia ellos, fuera de control. Connor la empujó hacia un costado y ella tropezó y cayó encima de él, que se acomodó para amortiguar la caída. Un segundo después, el niño pasó volando a toda velocidad, levantando una ráfaga de viento que despeinó a Rosalie.

—¿Está bien? —preguntó ella, sin atreverse a mirar al niño.

—Sí, la valla naranja frenó su caída. Y hay un médico en camino —respondió Connor, señalando la patrulla de esquí que iba colina abajo.

Rosalie suspiró profundo y lo miró.

—¿Y tú estás bien? Aterricé encima de ti.

Él se echó a reír.

—Sí, solo salió herido mi orgullo, otra vez. Y prefiero que aterrices sobre mí y no sobre el suelo. Es bastante duro —respondió, haciendo una mueca.

—Pobrecito. No paras de pegarte golpes —susurró ella, tras besarle la punta de la nariz.

—¿Quieres que volvamos al hotel? Te dejaré cuidarme hasta que me recupere —propuso él, levantando las cejas con gesto pícaro.

—No estás tan lastimado.

—Si quieres me caigo otra vez, para estar seguros.

—Eres terrible —respondió ella, fingiendo estar irritada.

Sin embargo, mientras él la guiaba hacia el hotel, le comenzó a latir el corazón, expectante.

8

Ni bien pusieron un pie en la habitación, a Connor le sonó el teléfono. Miró a Rosalie con expresión apenada y le dijo:

—Es Art.

—Y yo que iba a sacar mi disfraz de enfermera de la maleta —respondió ella y suspiró con actitud teatral.

—Espérame y no te muevas de aquí —le dijo él con tono seductor.

Luego, atendió el teléfono, masculló un saludo de mala gana y descargó su frustración con su primo por ser tan inoportuno. El problema fue que esa llamada se transformó en otra más. Luego, tuvo que tener una llamada en conferencia con la oficina de Nueva York y, cuando colgó, descubrió que tenía un mensaje sin responder del Fondo Selkirk y estuvo a punto de despedir a Jenny (por séptima vez), pero reculó al imaginarse contándole la noticia a su madre. Después de eso, tuvo que ponerse a revisar sus correos electrónicos para verificar que a Jenny no se le hubiera pasado ningún otro mensaje y Rosalie se cansó de esperarlo. Cuando levantó la vista del teléfono, el sol ya se había puesto detrás de la montaña y le rugía el estómago del hambre.

—Mierda —murmuró.

Se tronó el cuello, adolorido. Parecía que todas las caídas en la pista le estaban pasando factura. Cerró los ojos y se imaginó a Rosalie vestida de enfermera, con el trasero curvilíneo apenas contenido en una falda lápiz y sus muslos exquisitos enfundados en medias blancas. Soltó un gruñido y se maldijo por haberse puesto a trabajar en lugar de averiguar si de verdad tenía ese disfraz. Si no era cierto, ¿permitiría que él le enviara uno por correo cuanto antes? Se levantó de su escritorio improvisado y se acomodó el pantalón. Ya casi era hora de cenar y no podía sentarse a la mesa con una erección enorme. Pensar en su primo, que lo había llamado en el momento más inoportuno, lo ayudó a distraerse; ya estaba presentable para ir a cenar.

—Ese imbécil.

Connor fue deprisa al salón que había reservado para esa noche, encima del acogedor bar del hotel, con la esperanza de no ser el último en llegar.

—¡Ed! —lo llamó cuando lo vio saliendo de allí—. ¿A dónde vas? ¿No te gustó la cena?

Ed Coney se llevó una uva a la boca y ladeó la cabeza en dirección a los camareros, que iban de un lado a otro, muy atareados.

—Espero que no te moleste, pero les pedí que nos mandaran la cena a la habitación —le dijo, guiñándole el ojo—. Me adelanté y reservé un par de cosas del *spa* para Dora. —Al ver que Connor lo miraba con expresión confundida, Ed le explicó—: Quiero aprovechar, como estamos de vacaciones. Sin las niñas.

—¡Ah! Claro.

—Me parece que a tu mujer también le vendría bien relajarse un poco, sin intención de ofender. Ya sabes lo que dicen: esposa feliz, vida feliz.

Ed se llevó otra uva a la boca y se fue prácticamente dando saltos por el pasillo. Tenía todo el aspecto de un hombre que espera conseguir un poco de diversión conyugal.

—¿Novia feliz, vida feliz? —murmuró Connor, pensativo.

Se le estaba ocurriendo una idea que, por sorprendente que pareciera, no tenía nada que ver con Rosalie vestida de enfermera. Ed tenía razón: a Rosalie le hacía falta relajarse un poco. No obstante, la idea de que otra persona le tocara el cuerpo lo ponía muy incómodo. La quería para él, solo para él.

Habló con el encargado del personal, que accedió de inmediato a buscar un lugar adecuado para que llevara a cabo su plan. Después, le pidió a otro de los empleados que interceptara a Rosalie y se asegurara de que ella se reuniera con él en el lugar donde iba a estar esperándola. Luego, puso manos a la obra.

Boquiabierta, Rosalie cruzó el arco de piedra. Connor apenas si podía contener el entusiasmo mientras ella giraba lentamente, admirando el techo iluminado y las claraboyas que permitían observar el límpido cielo nocturno, el gran hogar de piedra, con el fuego ardiendo rabioso, y los almohadones dispuestos sobre la antigua alfombra oriental que cubría el piso de mármol.

—¿Qué es este lugar? —preguntó ella, maravillada.

—La *suite* privada, mi amor.

—Pensé que ya teníamos la *suite* privada —respondió Rosalie, levantando una ceja.

Connor soltó una risita.

—Sí, pero la nuestra no tiene hogar y se complica asar malvaviscos.

Con un ademán gracioso, como si fuera un mago, Connor se llevó las manos a la espalda y le mostró una bolsa llena de malvaviscos y chocolates.

Rosalie chilló como una niña y, de un salto, se la arrebató.

—¿De verdad vamos a asar malvaviscos?

—Pareces más entusiasmada por la comida que por la *suite* —gruñó él con tono burlón.

Sin embargo, por dentro estaba encantado. Para averiguar las cosas favoritas de Rosalie, había hecho falta bastante trabajo detectivesco y también una llamada a Anna, que le había pasado una lista tan extensa que Connor casi no había llegado a comprar todo. Pero, cuando contempló la cara de felicidad de Rosalie al ver sus golosinas favoritas, se dijo que había valido la pena. Sí, hacerse un tratamiento relajante en el *spa* era muy lindo, pero, por sus gemidos de placer al comer el exquisito chocolate, era obvio que Rosalie disfrutaba mucho más de ese dulce que de cualquier masaje. Agarrando un pedazo, se lo llevó a la boca y volvió a gemir.

—Este chocolate debe haber salido una fortuna. ¿No compras el del supermercado, Connor McClellan?

—¿Quieres chocolate barato? Voy ya mismo a comprar.

—Que ni se te ocurra —respondió ella, lamiéndose los labios. Connor no podía quitarle los ojos de encima—. Hablando en serio, ¿para qué vinimos aquí? Fui corriendo al restaurante, preocupada porque estaba llegando tarde, y un empleado salió de la nada y me dijo que me quedara en la habitación una hora más. Fue tan insistente que hasta tuve miedo de que me encerrara dentro.

—Muy bien. Se ganó la propina entonces —dijo él. Con una mano, la tomó del brazo y, con la otra, agarró la bolsa de chocolates antes de guiarla hacia uno de los almohadones esponjosos como nubes y sentarse frente al fuego llameante—. Cancelé la cena.

Rosalie puso los ojos como platos.

—¿De verdad? ¿Cancelaste una cena de negocios? —Le apoyó la mano en la frente y preguntó—: ¿Te sientes bien?

Él se echó a reír y le agarró la mano. La besó y luego admitió:

—Bueno, me descubriste. El que la canceló fue Ed. Pero no me molesta. No olvides que tengo otros motivos para estar aquí además de conquistar a Ed Coney.

—Conquistarme a mí —susurró ella, agachando la cabeza.

—¿Qué tal vengo? —preguntó él. Partió un pedacito de chocolate y se lo acercó a la boca. Cuando ella levantó las cejas y entreabrió la boca, Connor respiró hondo; sentía la caricia de sus labios en los dedos. Mientras ella succionaba con ganas el chocolate, se le endureció el sexo—. A mí no hace falta que me conquistes, mi amor; ya soy tuyo.

—¿De verdad? —preguntó ella, echándose el pelo hacia atrás con actitud coqueta.

—Así parece.

Rosalie esbozó una sonrisa complacida, tan sutil que fue casi imperceptible, y se le iluminó la cara. Sonrojada, se dio vuelta y sacó un malvavisco de la bolsa. Él la imitó y colocó la dulce golosina en la punta de uno de los palillos de madera de abedul; le había dado una propina extra al empleado que los había conseguido. Lo sostuvo a cierta distancia de las llamas danzantes para tostarlo por todos lados, pero Rosalie metió el suyo en el fuego sin pensarlo dos veces.

—Se te está quemando, mi amor —observó Connor.

Ella sopló la golosina en llamas con cuidado y respondió:

—Ya lo sé. —Con la otra mano, raspó la capa quemada que recubría el malvavisco y se lo llevó a la boca con una sonrisa perversa—. Me gusta así.

—Pero si dejas que se dore por todos lados, se cocina parejo.

—¿Acaso estás criticando mi método para asar malvaviscos?

—No, es que me parece que así no aprovechas la experiencia al máximo —respondió él. Inspeccionó su malvavisco con el ceño fruncido, pellizcándolo para ver si estaba listo, y volvió a ponerlo sobre las llamas.

—Tú tampoco —dijo ella entre risas. Volvió a poner el malvavisco al fuego y lo apagó—. Ten. Prueba —le ofreció, pero Connor miró los restos chamuscados con expresión desconfiada—. ¿No confías en mí?

—Sí, claro —respondió él. Rosalie le apoyó la golosina, crocante y llena de azúcar quemada, en la lengua, y lo miró expectante mientras él cerraba la boca, aceptando el obsequio. La mezcla de ahumado y dulce era perfecta, igual que Rosalie. Masticó, deleitado, y se acercó un poco más—. Tú ganas.

Ella se lamió los labios con expresión triunfante.

—Tienes unas migas en el labio.

—¿Dónde?

—Aquí.

Sus labios suaves le rozaron la comisura de la boca. Connor se quedó inmóvil por completo mientras ella le pasaba la lengua por los labios, lamiendo los rastros de dulzura que habían quedado. Cuando su aliento tibio le acarició el oído, un escalofrío le recorrió toda la columna.

—Mi amor —susurró Connor. Le encantaba decirle así. Casi tanto como besarla. Ella gimió despacio y Connor sintió que el deseo se apoderaba de él, un deseo tan fuerte que lo abrumaba—. Me vuelves loco. —Le recorrió el cuello con los labios, deteniéndose en el punto donde su pulso latía furioso—. Lo sabes, ¿no? ¿Sabes que me vuelves completamente loco?

En respuesta, ella gimió y levantó la cabeza para que siguiera besándola. Él soltó un gruñido y se arrodilló en el almohadón para abrazarla. Quería besar cada centímetro de su piel perfecta, pero no podía despegarse de sus labios. Rosalie era como una droga que lo embriagaba con su delicioso sabor; era su propia ambrosía. Cuando susurró su nombre y le rodeó el cuello con los brazos, la última pizca de cordura que le quedaba se desvaneció. Connor siempre se enorgullecía de conservar la calma, pero con Rosalie no le importaba perder un poco el control. Ella lo llevaba al borde de la locura y a él le encantaba sentir que se le movía el piso, porque sabía que la caída iba a ser extraordinaria. Le sacó la blusa y acarició su piel de porcelana. Luego, la empujó con suavidad hacia atrás, para que se recostara en el almohadón, temblando por el esfuerzo de refrenarse. Con el pelo oscuro desparramado a su alrededor y la piel brillando a la luz de las llamas, Rosalie se veía sagrada y etérea. No quería profanarla con su roce. Ella le sonrió; se adivinaba la lujuria en su mirada.

—¿Estás tan enloquecido que olvidaste lo que sigue ahora?

—Claro que no.

—Entonces, ¿qué esperas?

Él gruñó y deslizó la mano entre sus piernas; soltando un gemido, ella se arqueó, invitándolo a seguir.

—No me apures, Rosalie. Quiero tomarme mi tiempo —dijo él. Extendió la palma, sintiendo todo su calor en la mano, y le acarició suavemente el clítoris—. Ya te lo dije: te voy a conquistar.

Frustrada, Rosalie movió las caderas con impaciencia.

—Bueno, me conquistaste, me conquistaste. Vamos…

El movimiento se volvió más violento y le empezaron a temblar los muslos, pero él apartó la mano. Ella abrió los ojos y lo miró con expresión confundida.

—Ya sé que te falta poco, pero no quiero que te vengas en mi mano.

—¿Por qué no? —masculló, irritada.

—Porque quiero que te vengas en mi lengua —respondió él, tironeándole el pantalón. Ella soltó un grito ahogado, pero no dijo nada mientras él le quitaba la ropa. Luego, le recorrió la bragueta con los dedos, ansiosa. Connor se incorporó para que ella pudiera bajarle la cremallera y desvestirlo, y susurró con voz ronca—: Me podría acostumbrar a tener esta vista.

Tras acomodarle un mechón de pelo detrás de la oreja, le acarició un seno. Ella lo miró. Tenía los ojos grandes y brillantes, los labios rojos e hinchados de tantos besos. Se veía más hermosa que nunca.

—Bueno, ¿en qué estaba?

Volvió a empujarla hacia el almohadón y, sumergiéndose entre sus muslos, hundió la lengua en lo profundo de su ser. Ella se retorció y arqueó la cadera al tiempo que le acariciaba el pelo. Él rio y besó su carne húmeda mientras Rosalie lo guiaba con las manos, desesperada, y se acercaba cada vez más a donde quería llegar. Cuando estaba al borde del orgasmo, Connor le sujetó las manos a ambos lados de la cadera y pasó la lengua sobre el punto exacto.

—Así —le dijo, sintiendo que ella empezaba a temblar—. Quiero sentirte toda, mi amor. Déjame sentirte.

Con un grito agudo, Rosalie se dejó llevar por la explosión de placer que la invadió por completo. Se le tensó todo el cuerpo mientras se sacudía debajo de él. Jadeó y se retorció, pero Connor no se detuvo; estaba demasiado ido, ardiendo de deseo. Rosalie todavía estaba gozando cuando él sacó la cabeza de entre sus piernas y la penetró.

—¿No terminaste, mi amor? —susurró con voz ronca al sentir que todavía le temblaban las piernas—. Dios mío, eres hermosa.

Hechizado por su calor infernal y su humedad irresistible, no pudo tomarse su tiempo como había querido. Rosalie estaba loca de placer y le rasguñaba la espalda mientras susurraba su nombre, y su deseo salvaje era contagioso. De pronto, una vocecita en su interior le recordó que se lo tomara con calma y que fuera delicado por su estado. Haciendo un esfuerzo por pausar sus movimientos desenfrenados, la penetró lenta y profundamente.

—Me encanta sentirte.

—Ay, Connor. —Rosalie apretó los dientes y cerró los ojos con fuerza. Se le escapó un lamento bajo—. Ay, Dios, creo que me voy a venir otra vez.

—Quiero verte —le dijo él. Con un movimiento hábil, se dio vuelta y ella quedó encima de él. Se cayeron del almohadón y terminaron en el piso duro y frío, pero no les importó. Rosalie estaba encima de él y cabalgaba con ganas—. Disfrútalo todo —le ordenó, mientras ella enloquecía encima de él—. Así, así, ¡sí, Rosalie!

Ella echó la cabeza hacia atrás, soltando un grito, mientras él levantaba las caderas. La penetró con fuerza y ambos perdieron el control y soltaron una retahíla de barbaridades que habría hecho sonrojarse a cualquiera. Luego, Rosalie se dejó caer hacia adelante, aferrándose a él y disfrutando la última oleada de placer antes de desplomarse sobre su pecho.

—Dios… —susurró.

—Estuvo increíble. El único problema es que cuando planeé todo no tuve en cuenta los condones —dijo él. El pelo de Rosalie le hacía cosquillas en la nariz, pero no se atrevía a moverse. Quería quedarse abrazándola toda la vida.

—No te preocupes. No voy a quedar más embarazada de lo que ya estoy —repuso ella, con una mueca burlona.

Él la agarró del mentón para mirarla a los ojos.

—Mierda, Rosalie, ¿fui muy bruto? No te lastimé, ¿no?

Ella lo miró y parpadeó un par de veces. Connor sentía que estaba mirándole el alma, o que lo estaba atravesando con la mirada y viendo algo que solo ella podía ver.

—No me lastimaste. Pero gracias por preguntar —respondió. Parpadeó una vez más y le cambió la cara—. Ay, no. Mira, Connor. La puerta está abierta de par en par. Podría haber entrado cualquiera.

—Lo dudo, pero podría ser. ¿Qué pasa? ¿Te pusiste tímida? —dijo él, echándose a reír al ver que se tapaba el pecho con la blusa y se ponía de pie con cuidado—. No te preocupes. Si llega a entrar alguien, le digo que estamos en una reunión.

Rosalie lo golpeó con la blusa, como si fuera un látigo, y respondió:

—Siempre pensando en negocios.

—En este momento, solo estoy pensando en ti —la contradijo él, con una sonrisa pícara—. Aunque me gustaría saber qué planes se te ocurren para mañana con los clientes.

Cuando ella chasqueó la lengua, fastidiada, Connor soltó una carcajada y, abrazándola, le aseguró que solo era un chiste. No había prisa. Podía esperar para hablar del acuerdo con Coney una vez que ya estuvieran vestidos.

9

—¡**B**ienvenidos al corazón del restaurante! —exclamó Rosalie entre el barullo que salía de la cocina. Bien plantada, con los pies separados al ancho de la cadera, les sonrió a los Coney, que la miraban en medio del ajetreo—. Es impresionante, ¿no? —continuó —. Ya sé que desde afuera parece un caos, pero tú no estás afuera, Ed. ¿Qué tiene esta cocina de distinto a las otras cocinas que conoces?

Había inventado el discurso sobre la marcha, pero igual estaba bastante orgullosa. Mientras esperaba que Ed notara el profesionalismo y la precisión militar de la cocina de Rue, sintió que Connor le clavaba la mirada. Se acaloró y, por un momento, se dejó llevar por el recuerdo de la noche anterior. Las golosinas, el fuego y la locura que se había apoderado de ellos estaban grabados en su mente. Connor la había conquistado, y con honores, debía admitirlo. Pero el fin de semana no se trataba de ellos, sino de su futuro y de su trabajo en McClellan. Iba a demostrarle a Connor que se merecía el puesto de directora de extensión regional. Esa presentación iba a ser su primer argumento a favor. Como Connor quería demostrarle a Ed que el *software* de McClellan iba a hacer crecer su empresa, Rosalie había organizado un *tour* por la cocina de Rue, el restaurante más popular de Aspen, con los dueños. Ellos habían sido los primeros en implementar su *software* para gestión de restaurantes y, desde entonces, Rosalie se había partido el alma trabajando para tenerlos contentos y que hablaran bien de McClellan. ¿Qué mejor lugar para llevar a los Coney? Respiró profundo, lista para pasar al siguiente punto de su discurso, pero, de pronto, se oyó el chisporroteo del aceite caliente y todos se sobresaltaron. Rosalie reaccionó rápido y sonrió.

—Seguro habrán notado que casi no se oyen gritos aquí. A diferencia de las cocinas normales, donde los chefs y sus ayudantes tienen que gritar para comunicarse, aquí en Rue las cocinas cuentan con un sistema muy intuitivo que elimina la parte caótica del proceso.

Ed le estaba prestando atención, pero Rosalie no terminaba de descifrar si Dora la estaba escuchando o no. La importantísima señora Coney tenía la mirada perdida. De pronto, se llevó la mano a la boca y abrió grandes los ojos. ¿Qué estaba pasando…?

Rosalie también sintió el olor y se tambaleó por la oleada de náuseas que le sobrevino y que, por un breve momento, le causó arcadas debido al tufo del aceite quemado.

—Uy, vaya. Disculpen. Bueno, como les decía, lo bello de este *software* es que…

Volvió a sentir náuseas y, muerta de vergüenza, se dio vuelta para disimular. Connor se le acercó al instante.

—Toma —le dijo, ofreciéndole una botella de *ginger-ale*—. Yo me encargo.

Con los ojos llorosos, Rosalie dio unos sorbos mientras Connor se acercaba a Dora y le ofrecía otra botella. Estaba sonriendo y se mostraba encantador como siempre, pero eso no importaba. La esposa del cliente había estado a punto de vomitar durante su gran presentación. No había tenido en cuenta su estado al planear el *tour*. Ni siquiera había tenido en cuenta su propio estado. Volvió a sentir que se le revolvía el estómago.

—Traigan galletas saladas —ordenó Connor—. Sigamos hablando en la sala de juntas, ¿les parece?

Rosalie asintió en silencio y dejó que Connor la guiara hacia la sala que había reservado para el siguiente paso de la presentación. Había imaginado que iba a ser ella la que los guiara a la sala. Había imaginado que, después de esa presentación en vivo en la cocina, iba a tener a los Coney comiendo de la palma de su mano, listos para firmar los papeles que ya había dispuesto en medio de la mesa lustrosa. Había imaginado que iba a descorchar el champán y que iba a poner la sidra a enfriarse en la hielera. Había imaginado la cara de aprobación de Connor luego de su triunfo. Pero no ocurrió nada de eso. En cambio, él la ayudó a sentarse y Rosalie se hundió en la silla, sintiéndose desdichada por su error, pero aliviada de haber salido de la cocina y de tener un lugar donde sentarse. Allí, el aire era puro y olía a desinfectante, y, de algún modo, Connor se las había arreglado para conseguir galletas saladas. Dora agarró varias y empezó a masticar.

—Lo vieron en acción brevemente —dijo Connor guiñándole un ojo a Rosalie, y a ella se le borró la sonrisa que se había obligado a esbozar —. Ahora llegó el momento de que lo prueben por ustedes mismos — continuó. Giró la consola para mostrársela a Ed y le dijo—: Haz clic aquí para empezar. Te voy a explicar paso a paso cómo se usa.

Eso no era parte del discurso que había preparado, pero Connor salió al rescate para volver a encaminar la presentación. Rosalie sabía que debía sentirse agradecida, pero estaba demasiado desdichada como para hacer otra cosa más que agachar la cabeza. Según el reloj, solo habían estado en la sala diez minutos, pero le pareció que había pasado una eternidad hasta que Ed y Connor se levantaron y se dieron un apretón de manos.

—Déjame hablar con mis socios —le dijo Ed—. Tendré novedades mañana, pero pinta bien, McClellan. Buen trabajo.

Connor le sonrió a Rosalie y ella trató de juntar fuerzas para enderezarse e intercambiar algunas palabras de cortesía, como se estilaba, pero, cuando Connor le vio la cara, se paró junto a ella y le apoyó la mano en el hombro con gesto cariñoso.

—Excelente, Ed. Me parece que mañana será mejor.

Para su sorpresa, Connor no siguió a los Coney. Tampoco les estrechó la mano una y otra vez mientras les recordaba los puntos más importantes de su discurso. Simplemente se quedó parado junto a ella, mirándola hasta que ellos salieron de la sala de juntas.

—Mi amor —murmuró.

Rosalie no quería llorar. Quería impresionarlo, no quedar como una inútil y una debilucha. Sin embargo, cuando Connor la llamó por ese apodo cariñoso con tanta ternura, fue demasiado para ella. Se le llenaron los ojos de lágrimas y hundió la cara en las manos. Él la consoló mientras la levantaba del asiento.

—Necesitas descansar un poco, nada más. Vamos —le dijo y, sin más, la guio hacia la puerta.

Sin destaparse la cara, para evitar las miradas curiosas de los cocineros y de los dueños del restaurante, Rosalie lo siguió, contenta de tener la mano firme de Connor en su espalda, guiándola con suaves empujoncitos y murmullos bajos hasta que llegaron al pasillo.

—Puedo volver en mi auto —susurró cuando salieron al estacionamiento.

—Puedes, pero no lo vas a hacer —respondió él.

Rosalie lo oyó chasquear los dedos. Luego, la ayudó a entrar en el asiento trasero del auto que los estaba esperando y la abrazó durante todo el camino de regreso al hotel. Para cuando el chofer le abrió la puerta para bajar, Rosalie ya había recuperado un poco la compostura.

—Tengo que ir a mi habitación —le dijo a Connor. Lo único que quería era pararse bajo el agua caliente de la ducha hasta que se le fuera el hedor del fracaso de la piel—. Gracias, pero...

—Pero nada —la interrumpió él. La abrazó por la cintura y, atrayéndola hacia sí, la hizo apoyar la cabeza sobre su hombro varonil—. Vienes conmigo.

Sorprendida por su amabilidad, Rosalie le preguntó:

—¿No estás enojado?

Le estaba arruinando la camisa de suave cachemira con sus lágrimas, pero parecía que a él no le importaba en lo más mínimo.

—¿Enojado por qué?

—Porque arruiné la presentación.

—Eso no es cierto. Ed va a volver mañana. Estuviste muy bien, Rosalie —le aseguró él. Se le acercó y agregó—: Y creo que eso amerita un festejo.

La guio hacia la habitación, pero Rosalie todavía se sentía muy triste y, sin prestar atención a la yuxtaposición perfecta entre madera rústica y muebles lujosos, se desplomó en una de las mullidas sillas de cuero. Acarició la madera decorada con tachas y cerró los ojos. Entonces, oyó el clic de la puerta del baño al cerrarse y el sonido del agua corriendo. Después, volvió a abrirse la puerta y oyó los pasos de Connor que se dirigía a la cocinita de la habitación. Al abrir los ojos, lo vio parado frente a ella. Se había cambiado el traje y sostenía dos vasos de cristal. Cuando sus miradas se encontraron, él sonrió y caminó hacia las grandes puertas vidriadas.

—Salgamos —la invitó, abriendo una.

—¿Para qué? —preguntó ella, sin comprender qué estaba planeando.

—La noche está demasiado linda para quedarnos sentados adentro. Mira las estrellas —respondió Connor.

De golpe, Rosalie se sintió cohibida.

—¿Quieres sentarte nada más?

—Sí. Que nos sentemos y disfrutemos esta noche hermosa.

—¿Desde cuándo te sientas sin hacer nada?

—Desde que encontré a alguien con quien me gusta compartir mis noches —respondió él. Al ver la mirada sorprendida de Rosalie, se echó a reír y agregó—: Sigues sin creer que para mí esto va en serio. Eres la única persona con la que quiero estar.

Rosalie se sintió un poco abrumada por la intensidad de sus palabras. Echó el pelo hacia atrás, deseando por dentro que él no notara lo mucho que la había afectado, y cruzó la puerta. El cielo nocturno estaba cubierto por un manto de estrellas, pero, debajo, el hotel aún conservaba un brillo cálido y acogedor. Había grupitos de personas reunidas en el patio y se alcanzaban a oír algunas risas apagadas y el suave tintineo de las copas chocando.

—Qué envidia. Tienes un balcón.

—Tú también podrías tener uno. No entiendo por qué estás en una habitación aparte —dijo él. Apoyó un vaso de *ginger-ale* en el brazo de la silla y se arrimó a Rosalie, con una sonrisa divertida—. Debe haber sido un error administrativo. Tengo que despedir a Jenny cuanto antes.

—No lo vas a hacer —repuso ella.

Mientras lo miraba, se sintió plena. Connor se veía increíblemente atractivo con esa camiseta blanca arrugada y ese cárdigan tejido. Se veía más genuino. Él la estaba mirando con la misma intensidad.

—¿Cómo hiciste para volverte más hermosa en los últimos cinco minutos? No es justo.

—Me veo espantosa.

—Te ves como un sueño hecho realidad.

Connor se levantó de la silla, se puso de rodillas y la tomó de la mano. Rosalie sintió un escalofrío en todo el cuerpo, desde el cuero cabelludo hasta los dedos del pie, el mismo que sentía cada vez que Connor la tocaba. Pero había algo más que deseo empujándola hacia él. No buscaba solo la chispa eléctrica de sus besos, sino también la calidez de sus susurros. Cerró los ojos para luchar contra las emociones que la desbordaban.

—Connor —murmuró, casi en un suspiro, aliviada.

Él la alzó en brazos y la llevó hasta la cama mientras le besaba los labios, el mentón, la oreja. Ella gimió despacio y jadeó cuando él la apoyó en el colchón y se le subió encima, buscándole la mirada con sus ojos oscuros.

—¿Pasa algo?

—Estoy muy cansada para mi posición favorita —dijo ella y suspiró.

—¿Prefieres que haga todo el trabajo yo? —preguntó él, levantando una ceja con gesto expectante. En respuesta, ella se mordió el labio y asintió—. Gracias a Dios —bromeó entre risas—. Ya era hora.

Le levantó la cadera y le quitó la falda con delicadeza. Rosalie vio como le cambiaba la mirada, de divertida a asombrada, cuando deslizó la palma por la piel sensible de su muslo hasta llegar más arriba y descubrió lo que ella ya sabía.

—Ya estás húmeda —dijo con voz ronca—. Rosalie... Vaya...

No le salían las palabras, así que siguió tocándola, dejando que se frotara contra su mano y sus dedos a su antojo.

—Y tú estás —dijo ella, agarrando su miembro duro— listo.

—¿Para ti? Siempre —dijo él. Le levantó la pierna y le besó la pantorrilla antes de apoyarla sobre su hombro—. Te necesito. Todo el tiempo.

—Aquí estoy —susurró ella, mientras él se acomodaba y la penetraba despacio. Le rodeó el cuello con las manos y lo hizo bajar hasta que sus frentes se tocaron—. Aquí estoy.

Movimiento tras movimiento, Rosalie se concentró en el ritmo, disfrutando la sensación cuando él la penetraba despacio y suavemente, y luego más fuerte y rápido, dejándola siempre a la expectativa y embriagada de pasión.

—Vamos, mi amor. Terminemos juntos —le dijo Connor al fin.

Se sumergió en ella y la llevó al límite, cada vez más y más, hasta que los espasmos se volvieron desenfrenados y Rosalie empujó las caderas con fuerza, sintiendo una explosión de placer tan profunda y poderosa que la dejó temblando.

—Guau —dijo Connor, girando para acostarse a su lado—, fue increíble.

—Ni lo digas. Tengo una nueva posición favorita, así que tenlo presente, ¿sí? —dijo ella.

—Dalo por hecho. Yo también encontré mi nueva posición favorita.

10

Las palabras de Rosalie quedaron resonando en la cabeza de Connor incluso al día siguiente. «Aquí estoy», le había dicho. Pero, en ese preciso momento, no estaba ahí. La habían llamado por la mañana para que volviera a la oficina porque un cliente tenía una emergencia. Connor le había asegurado que podía encargarse de todo solo, lo cual, técnicamente, era cierto. Podía. No obstante, no había pensado que la iba a extrañar tanto. Sin Rosalie a su lado, sentía que su mundo se tambaleaba, como una banqueta a la que le falta una pata. Sobre todo ahora, que estaba cenando con Ed y Dora, y tenía que tolerar que ella le diera de comer caviar en la boca.

—Abre grande, pichoncito. —Dora rio y sostuvo la cuchara en el aire, a modo de invitación. Cuando Ed se acercó, inclinó la cuchara hacia arriba y le manchó la nariz con caviar—. ¡Ay! ¡Qué torpe soy!

Connor deseaba ser invisible. Sacó el teléfono del bolsillo de su chaqueta y su dedo revoloteó sobre el número de Rosalie un momento antes de tocar la pantalla para mandarle un mensaje.

«Te extraño», escribió, pero, acto seguido, lo borró. Qué ridiculez. Ya habían pasado mucho tiempo sin verse antes. ¿Por qué esta vez se sentía distinto? «Es el amor». Se obligó a dejar a un lado esa idea. Tenía que ocuparse de la reunión, así que no era buen momento para reflexionar sobre sus sentimientos. Mientras Ed se limpiaba el caviar de la nariz con un ademán exagerado, carraspeó, listo para hablar de negocios.

—Espero que te guste este lugar, Dora. Pedí una mesa al aire libre especialmente para ti —comentó Connor. Señaló los calefactores de pie que había alrededor para paliar el frío y agregó—: Me imaginé que aquí se iban a sentir menos los olores.

—Ay, sí, muchas gracias —respondió ella, frunciendo la nariz—. Casi te diría que tolero el olor a caviar. —Miró a Ed y se mordió el labio con gesto travieso—. Quizá no fue muy buena idea llenarte la cara de caviar.

—Haré mi mayor esfuerzo por alejar la cara de tu nariz —refunfuñó él—. ¿Así de lejos te parece bien? —preguntó, abrazándola fuerte, sin molestarse en lo más mínimo porque ella lo estuviera empujando entre risas.

Connor deseó que Rosalie volviera ya mismo. En ese preciso instante. Sabía que ella hubiera encontrado la manera de desviar la conversación hacia otro tema mientras los Coney se hacían arrumacos y, además, lo hubiera hecho de tal modo que nadie lo notara. Él, en cambio, no poseía el don de la sutileza.

—Bueno, Ed. Mi equipo me informó que tus socios todavía no se han puesto en contacto con ellos.

—Todavía estamos debatiendo algunos detalles —respondió él, mirando de reojo a Dora, que agachó la cabeza y se puso a jugar con la cuchara.

—¿Necesitas saber algo más? ¿Algo que ayude a esclarecer los detalles? —preguntó Connor. Odiaba quedar tan insistente. ¿Cómo hacía Rosalie para sonar tan despreocupada?—. Porque ayer me pareció que quedaste impresionado…

—Estuvo bien —lo interrumpió Dora. Le hizo una seña al camarero y, señalando el plato vacío de Ed, le preguntó—: ¿Podría traernos más caviar?

Estaba perdiendo a Dora. Por dentro, maldijo a Ed por haberla llevado. Si ella no tenía nada que ver con Ventura, ¿por qué insistía tanto en pedirle su opinión?

—¿Saben qué? —dijo Connor, arrimándose a Ed como si estuviera por confesarle un secreto—. Este restaurante empezó a usar el sistema que les interesa hace poco. Si quieren ir a la cocina, podemos ver cómo funciona en operaciones más pequeñas.

Dora lo miró de refilón.

—¿A la cocina? —repitió. Parecía mareada de solo pensarlo.

Connor se puso de pie y le hizo un gesto a Ed.

—¿Vamos nosotros solos, entonces? Suponiendo que quieras quedarte aquí, Dora, para evitar los olores.

Ella lo miró con los ojos entrecerrados. Quizá se daba cuenta de que estaba intentando alejarla de Ed para que no influyera en su decisión, pero no dijo nada. No obstante, Ed sí.

—Bueno, McClellan. Haz lo tuyo. Pero no tardemos mucho, ¿entendido? No quiero dejar mucho tiempo sola a mi amada.

—No, claro que no —lo tranquilizó Connor, aunque, en realidad, eso era justamente lo que quería hacer. Ed y Dora se habían pasado el fin de semana actuando como si fuera una escapada de pareja en lugar de una reunión para cerrar un acuerdo de negocios. Al principio, Connor había intentado seguir el ejemplo de Rosalie y permitir que disfrutaran del tiempo juntos, pero Rosalie ya no estaba ahí. Era hora de ponerse a trabajar—. Lo bueno del sistema es que es expansible —anunció mientras entraban a la cocina, pequeña pero ajetreada. Le hizo un gesto con la cabeza al gerente y él lo saludó con la mano—. Por eso, las empresas como Ventura, que son entre pequeñas y medianas...

—No somos una empresa tan pequeña —protestó Ed.

—Bueno, no, para el mercado no es pequeña, pero, en términos de clientela...

—Ganamos más de un millón el último trimestre. ¿Hiciste tu trabajo de investigación, McClellan? —insistió Ed, frunciendo el ceño.

Al oír lo enojado que sonaba, Connor decidió dar marcha atrás.

—Pequeña en términos de... Bueno, es solo una etiqueta interna que usamos, no significa que la empresa sea pequeña en sí...

Ed lo frenó en seco con tal determinación que Connor quedó descolocado.

—Ya te dije ayer que hablé con mis socios del tema. No sé qué más quieres que haga.

—Quizás estoy equivocado, pero pensé que me ibas a dar una respuesta definitiva en la cena de hoy —respondió Connor, tras lamerse los labios.

—Estas cosas llevan tiempo, McClellan.

Connor apretó fuerte los labios para reprimir las ganas de contestar.

—Bueno, está bien. Entiendo. Genial.

Ed le tendió la mano.

—¿Nos vemos mañana?

¿Otra vez estaba postergando la reunión? Era obvio que se había terminado todo. Había metido la pata. De algún modo, había arruinado todo y, otra vez, Ed Coney se le iba a escapar. Le estrechó la mano, tratando de disimular cómo se sentía: derrotado.

11

Rosalie aún se culpaba por haberse marchado el día anterior. Connor se negaba a decirle exactamente qué había salido mal en la cena, pero, por teléfono, lo había notado tan seco y preocupado que había estado a punto de acobardarse. No obstante, justo antes de colgar, se había armado de valor para decirle lo que había planeado.

—¿Connor?

—¿Sí, mi amor?

—¿Quieres acompañarme al turno médico que tengo mañana? —le preguntó. Cuando su silenció duró más de lo esperado, se apresuró a retractarse—. Si no puedes, no pasa nada. Es la primera vez que voy, así que seguro me van a decir «Sip, estás embarazada» y yo les voy a decir «Bueno, gracias, ya lo sabía, así que calculo que ahora les tengo que pagar por decirme algo que ya sabía» y bueno, no te vas a perder de mucho. Además, ¿qué sentido tiene que vengas? Perdón, ni siquiera debí preguntarte, no sé pa…

—¿Mi amor? —la interrumpió él.

Rosalie respiró como pudo. Tenía los dientes apretados de los nervios.

—¿Sí?

—Voy a ir. Claro que voy a ir. No me lo perdería por nada en el mundo. Y otra cosa.

—¿Qué? —preguntó ella. Sentía que estaba por desmayarse.

—Siempre te voy a acompañar, ¿de acuerdo?

Rosalie se dejó caer en la cama.

—Bueno.

Una sensación cálida, como si hubiera hundido el pie en una bañera llena de agua caliente, se gestó en su interior y se desparramó por todo su cuerpo, haciéndola sentir liviana y satisfecha. La sensación de liviandad perduró hasta que llegó al turno con la ginecóloga. Fue casi flotando hasta el escritorio de la recepción y, al pasar, la ventana de vidrio le devolvió su reflejo sonriente, hasta que apareció la recepcionista para tomarle los datos.

—Vine a ver a la doctora O'Brian. ¿Ya llegó mi acompañante?

La mujer negó con la cabeza.

—Todavía no, cielo —le dijo. Sonrió y agregó—: Pero espera tranquila. Estoy segura de que tu esposo llegará en cualquier momento.

Al oír su tonito condescendiente, Rosalie frunció el ceño. Si estaba insinuando que él no iba a ir, estaba muy equivocada. Rosalie estaba segura. Connor se había mostrado muy distinto ese fin de semana. Siempre había pensado que él jamás dejaría que una relación seria interfiriera con su trabajo, pero esos últimos días había sido muy atento y dulce. Ni siquiera había estado enfocado en los negocios al cien por ciento. Había estado ahí para ella siempre que lo había necesitado y era justamente por eso que le había pedido que la acompañara al médico. «Es por el bebé», se dijo. Nada como la paternidad inminente para lograr que un hombre se replanteara sus prioridades.

—No te adelantes —dijo, pensando en voz alta. Sí, sus intentos por conquistarla estaban dando frutos, pero…

Echó un vistazo al reloj y vio que Connor ya estaba llegando más de diez minutos tarde. Si se tratara del viejo Connor (el que conocía hacía años, no el novio amoroso y atento del último fin de semana), hubiera pensado que se había olvidado por completo del turno. Pero el nuevo Connor no haría una cosa semejante. Debía estar un poco demorado, nada más. De seguro todavía estaba rompiéndose el cráneo para tratar de cerrar el acuerdo con los Coney. Después de trabajar toda la noche, quizá ni siquiera se había percatado de que ella lo estaba esperando. Ya casi había logrado convencerse de que todo estaba bien cuando la llamaron del consultorio de la ginecóloga. Miró una vez más hacia la entrada, con la esperanza de verlo llegar a último minuto y, suspirando, siguió a la enfermera hacia el consultorio. Acababa de ponerse la bata cuando oyó un golpe y se abrió la puerta.

—Mamá, después hablamos. Ya estoy con ella —gruñó Connor, pegado al teléfono. Miró a Rosalie con expresión avergonzada—. Sí, sí, yo le digo. Rosalie está bien, está todo bien. Estamos en el médico ahora mismo. Mamá. Cuelga de una vez. Nos vemos más tarde, ¿de acuerdo? Sí, sí, bienvenida a Aspen. Perdón.

Puso los ojos en blanco con expresión exasperada antes de cortar la llamada y resoplar. Giró la cabeza de un lado a otro para relajar el cuello y cuadró los hombros. Luego, miró a Rosalie otra vez y, enfatizando cada palabra, le dijo:

—Lo siento muchísimo. —Le besó la mano y agregó—: Se le ocurrió llamarme para avisarme que está aquí justo cuando estaba saliendo.

—¿Tu mamá está aquí? —balbuceó Rosalie—. ¿En Aspen?

—Todos los años va a esquiar a una montaña distinta y parece que este año le tocó a Aspen. Pero bueno, eso no importa. El tema es que me llamó y se puso a hablar sin parar y yo estaba tratando de llegar aquí a tiempo y… —Al percatarse de que Rosalie ya tenía puesta la bata y estaba junto al monitor del ultrasonido, se le pasó el enojo y, suspirando, se sentó pesadamente y preguntó—: Ay, diablos. Dime que no me perdí nada.

Rosalie sonrió, exultante de que estuviera ahí, tal como le había prometido.

—No te perdiste nada —le aseguró.

En ese momento, la médica entró al consultorio riendo y se puso los guantes.

—Soy yo la que llegó tarde. Mil disculpas. Me llamo Lindy —se presentó. Miró la ficha de Rosalie y sonrió—. Bueno, parece que debo felicitarlos ¿no?

—Así parece. —Rosalie se mordió el labio. Hasta ese momento, la idea de ser madre había dado vueltas en su cabeza tan solo como algo abstracto, pero, ahora, que estaba acostada sobre la camilla helada, con Connor aferrándole la mano tan fuerte que no sentía los dedos, la situación se había vuelto real de golpe. Se dio cuenta de lo mucho que quería tener a ese bebé y que estuviera sano y bien—. ¿Vamos a averiguar si está todo bien?

—¿Estás nerviosa? —le preguntó la médica.

—Muy nerviosa —respondió ella y Connor le apretó más fuerte la mano.

La mujer sonrió con dulzura y le dijo:

—Bueno, entonces pongamos manos a la obra para ver cómo está todo. Vas a sentir un poco de frío. —Le puso un gel en la panza y empezó a hacer círculos sobre su vientre con la sonda del ultrasonido —. Hola, bebé. ¿Dónde estás?

Al ver la imagen blanca y negra de la pantalla, a Rosalie se le hizo un nudo en la garganta. Frunció el ceño.

—No hay nada ahí.

—Te equivocas —respondió la médica. Señaló un punto titilante en la pantalla y continuó—: Esto que ves aquí… es un bebé. Es el latido del corazón. ¿Quieres escucharlo?

Tocó un botón y, al instante, un sonido rápido y galopante, distinto a cualquier cosa que Rosalie hubiera oído en su vida, llenó el consultorio. Connor le agarró la otra mano.

—Vaya…

—¡Late rapidísimo! —exclamó Rosalie y se le escapó una lágrima.

—Es porque es hijo mío. Siempre acelerado —repuso Connor. Esbozó una sonrisa de oreja a oreja mientras se acercaba más a la pantalla—. Esa manchita titilante es nuestro hijo, mi amor.

Rosalie se rio entre lágrimas.

—¡No le digas mancha a nuestra hija! Es perfecta.

—O perfecto —le dijo él con una sonrisa. Se inclinó para besarle la frente y agregó—: Supongo que también podría ser perfecta. Aunque no sabría cómo tratar a una niña.

—Yo no sabría cómo tratar a un niño.

Sin despegar los labios de su frente, Connor sonrió.

—Bueno, a mí me tratas muy bien.

La médica imprimió la imagen de «la mancha», como le decían al bebé, y Rosalie se limpió el pegote de la panza. Cuando Connor le propuso que guardaran algo de gel para más tarde, le pegó un cachetazo en broma. Si había llegado flotando al turno, ahora estaba volando. Connor y ella salieron del consultorio abrazados, todavía riéndose del sonido del corazón del bebé.

—Una vez, mis primos me convencieron de ir a un club nocturno con ellos —comentó Connor mientras caminaban por la acera, rumbo al centro de la ciudad—. Y te juro que la música sonaba igual. No, mejor dicho, los latidos de nuestro bebé sonaban mucho mejor que la música de porquería que pasaban en ese lugar.

—Quizá sea músico. Tiene ritmo, eso seguro.

—O música —la corrigió él, levantando una ceja.

—¿No dijiste que no sabrías qué hacer con una niña?

—Bueno, calculo que le compraría un tambor —respondió él y se echó a reír.

Rosalie frunció el ceño.

—Pero le enseñarías sobre el negocio aunque sea mujer, ¿no, Connor? No serías uno de esos padres machistas que creen que sus hijas son princesitas, ¿no? ¿Le enseñarías a ser tan exitosa como tú?

Al oír esas últimas palabras, a Connor se le borró la sonrisa.

—En este momento, no me siento muy exitoso que digamos —dijo. Desvió la mirada y pareció quedar absorto contemplando un escaparate.

—Al final no me dijiste lo que pasó anoche.

—No te lo dije porque, la verdad, no tengo ni la menor idea. Creí que tenía a Ed comiendo de la palma de mi mano y, de un momento a otro, se arruinó todo.

—Podría llamarlos hoy a la tarde —propuso Rosalie, tratando de disipar la tensión—. Podría hablar con Dora. Seguramente ella también tuvo turno con el obstetra hace poco. Nos daría tema de conversación.

—No tengo ganas de hablar de eso.

—¿No quieres que pensemos una estrategia? Vaya, eso sí que es nuevo.

—En serio, Rosalie, no quiero hablar...

Connor apretó el paso, como si pudiera dejar atrás sus preguntas y, dando zancadas, dobló en la esquina y chocó de lleno con una mujer mayor muy elegante. Ella soltó un grito ahogado.

—¡Ten más cuidado! —gruñó el hombre que la acompañaba.

Connor retrocedió, boquiabierto.

—Mierda, eh, miércoles —se corrigió y le ofreció la mano a la mujer —. Perdón, mamá.

A Rosalie se le detuvo el corazón. Observó a la mujer: tenía pelo oscuro y abundante, peinado con tal elegancia que casi disimulaba sus rulos indomables, y sus ojos oscuros brillaban cautivantes, igual que los de su hijo, como si toda su atención estuviera puesta en el destinatario de su mirada.

Connor dio un paso al costado.

—Mamá, ella es Rosalie, de quien tanto te hablé. Rosalie, te presento a mi madre, Natalie McClellan.

—Dime Nat —le dijo la mujer y le estrechó la mano con entusiasmo, sin despegar los ojos del vientre de Rosalie—. ¿Cómo te sientes, querida? Vaya, ¡eres tan menudita! ¿Cómo vas a quedar con una panza enorme? ¡Vas a parecer una pelota!

—Mamá —gruñó Connor.

—¿Le contaste? —susurró Rosalie, desconcertada.

Connor frunció tanto el ceño que parecía que tenía una sola ceja.

—Sí. Cuando estaba yendo al consultorio. Me escuchaste hablando con ella.

—Ah.

—Connor me cuenta todo —intervino Natalie.

Él la miró con suspicacia y respondió:

—Pero parece que la confianza no es mutua. —Extendió la mano para saludar al hombre que estaba junto a ella y le dijo—: Connor McClellan. Soy su hijo. ¿Cómo te llamas?

—Jerry Wright —respondió él, esbozando una sonrisa arrogante.

—Te hablé de Jerry, Connor —protestó Natalie mientras ellos se daban un apretón de manos y se miraban como midiéndose—. Estamos saliendo desde hace un tiempo.

Al ver la cara de disgustado de Connor, Rosalie se preguntó si sería cierto que Natalie le había contado que tenía novio.

—¿Cómo les fue, cielo? Digo, con el acuerdo de Ventura. La última vez que hablamos, me dijiste que ya lo tenías asegurado.

—Ahora no, mamá. Estamos en el medio de la calle.

—Bueno, dime si puedo ayudarte con algo. Necesitas ese negocio, Connor.

—Ya lo sé —respondió él, masajeándose el entrecejo—. Ahora tengo otras cosas en la cabeza, mamá.

—Sí, sí, te entiendo —dijo Natalie. Le dio la mano a Rosalie y le dijo —: Decidí que quiero respetar la tradición. Nada de «nona» ni «yaya» ni esas cosas. Quiero que el bebé me diga «abu». Si es lo más clásico, por algo es. Pero no te preocupes por enseñarle a decirlo. Voy a estar tanto tiempo con ustedes que lo va a aprender por ósmosis —agregó, echándose a reír.

—Mamá. —Connor parecía mortificado.

—Bueno, bueno. Jerry y yo tenemos que ir a almorzar. Pero quiero que cenemos juntos, Connor. Ah, y quiero saber cómo le está yendo a Jenny ahora que es tu secretaria. No hace falta que sea hoy, pero en estos días, ¿sí? No me falles.

—¿Cuándo te fallé?

Después de despedirse de Natalie y Jerry, Connor se apuró a dejarlos atrás. Parecía que no veía la hora de deshacerse de ellos.

—Por favor, no digas nadas —le suplicó a Rosalie—. Mi mamá es así.

—Parece muy involucrada —dijo ella. Se sentía un poco intimidada por la efusividad de la mujer.

—Se mete en todo, ya lo sé.

—Pareces nervioso.

—No quiero hablar del tema, ¿puede ser? —le dijo él, poniéndole punto final a la charla.

—Bueno…

La actitud evasiva de Connor la hizo sentir insignificante. En vez de flotar, había caído a la realidad. De un golpe.

12

«Quedan dos días para solucionarlo». Rosalie recitaba la frase por dentro una y otra vez mientras daba vueltas por el salón elegante que había alquilado para esa presentación de último minuto. Connor seguía negado a contarle qué había salido mal durante la cena con los Coney, pero Rosalie sospechaba que tenía que ver con Dora. La nueva esposa de Ed era dulce, pero tenía una mirada aguda y perspicaz. Observaba todo y tomaba nota de cada defecto e imperfección con una sonrisa en el rostro, y Rosalie se la podía imaginar criticando todo con Ed a puertas cerradas. Si ella no veía ninguna ventaja en el acuerdo, no iba a permitir que Ed tomara una mala decisión. Por eso, Rosalie había decidido armar una presentación especialmente para ella.

El sistema de McClellan se destacaba sobre todo en la industria gastronómica y hotelera, pero entre los clientes de Rosalie también había dueños de *boutiques* y sofisticadas tiendas de venta al público. Uno de sus clientes más fieles, Panzàge, vendía ropa de maternidad hecha a medida. La dueña había aceptado con gusto armar un pequeño desfile y una muestra de prendas para vender sus productos y, al mismo tiempo, mostrar el sistema informático que usaba para hacer un seguimiento de los clientes y las fechas de entrega. Eso era lo que mejor le salía a Rosalie: identificar las necesidades exactas de los clientes y mostrarles de qué modo el *software* los iba a ayudar a satisfacerlas. Ese talento era lo que la iba a convertir en la mejor directora de extensión regional de McClellan.

Mientras se acomodaba en su asiento, cerca de la pasarela improvisada en el medio del salón, miró de reojo hacia un rincón, sin resistir las ganas de mirar a Connor otra vez. El día anterior, había actuado de forma muy extraña. Luego de la felicidad de ver a su manchita en el ultrasonido, se había encerrado en sí mismo por completo. Hoy, había vuelto a tener esa mirada preocupada que Rosalie conocía tan bien. Lo notaba incluso aunque él ni siquiera la mirara. Connor estaba sentado con el celular pegado a la oreja, dándole la espalda casi por completo, y no paraba de asentir y fruncir el ceño. Tan solo eran las diez de la mañana, pero él ya se había arremangado el pulóver y sus antebrazos, bronceados y musculosos, quedaban al descubierto. Rosalie se quedó mirándolo más tiempo del apropiado dado el contexto empresarial, pero, mientras ella se lo comía con los ojos, él ni siquiera se dio vuelta a mirarla.

Con un poco de esfuerzo, se obligó a concentrarse en la presentación; después de todo, se había pasado buena parte de la noche preparándola. No importaba que Connor no le prestara atención ahora, siempre y cuando prestara atención en el momento indicado, cuando ella convenciera a Dora Coney de que ese acuerdo de negocios iba a ser beneficioso para todos.

—¡Buen día! —exclamó Rosalie cuando su invitada de honor asomó la cabeza en la sala—. Por lo menos, espero que tu día sea mejor que el mío —agregó.

Soltó una risita sarcástica y se llevó la mano al vientre, con la esperanza de conectar con Dora. Funcionó. Dora puso los ojos en blanco mientras se acomodaba en la silla.

—No sé por qué se les dice náuseas matutinas —se quejó—, si me tuvieron casi toda la noche en vela.

Rosalie sonrió con expresión comprensiva.

—Dicen que el segundo trimestre es mejor. Se van las náuseas matutinas y por fin tienes una linda pancita para mostrar, en vez de sentir que engordaste y ya no te entran los pantalones —dijo y sonrió con más ganas, contenta de que la conversación fluyera bien—. Y, cuando tengas más panza, necesitarás renovar el armario, ¿no?

—Ni me lo recuerdes —repuso Dora, frunciendo la nariz.

—Con la ropa indicada, te verás fantástica, sin duda. Por eso, me pareció una buena idea mostrarte cuál es la ropa indicada. Panzàge es la tienda de ropa de maternidad más sofisticada de Aspen —dijo Rosalie.

A su señal, bajaron las luces y comenzó a salir música tecno de los parlantes, ubicados estratégicamente a ambos lados de la pasarela. Dora abrió grandes los ojos cuando la primera modelo comenzó a desfilar, girando a la izquierda y luego a la derecha para lucir las prendas ajustadas que resaltaban su vientre abultado. Rosalie aprovechó el momento para dar el discurso que tanto había ensayado.

—La marca empezó a usar el *software* de McClellan para hacer el seguimiento de sus clientes hace dos años. Desde entonces, han duplicado las ventas y han vestido a todas las embarazadas, desde las *influencers* más populares de Instagram hasta las celebridades de Hollywood. —Mientras hablaba, otra modelo caminó por la pasarela, luciendo un traje de baño al que Rosalie ya le había echado el ojo—. Creo que a Ed le interesaría ese dato, ¿no? ¿Va a venir? —preguntó. Acababa de darse cuenta de que el objetivo principal no estaba junto a su esposa.

Dora se revolvió en su asiento, incómoda, y se le borró la sonrisa.

—Ah, está hablando de negocios con Connor —resopló. Al oírla, Rosalie se angustió, pero trató de disimular y sonreír. No obstante, Dora apretó los labios, como solidarizándose con ella, y le gritó a su esposo—: ¡Ed! Se están perdiendo el desfile.

Rosalie esbozó una sonrisa agradecida.

—Quizá la moda no es lo suyo —comentó, intentando justificarlos.

No obstante, sintió una oleada de calor en la nuca. Por mucho que intentara calmarse, se estaba enojando cada vez más. Connor ni siquiera había dejado que Ed entrara en la sala. Había estado al acecho todo el tiempo. ¿Siquiera sería cierto que antes había estado hablando por teléfono? ¿O había fingido para que ella no se acercara y así poder interceptar a Ed? Bueno, lo había conseguido, eso era seguro. Ed y él estaban hablando muy concentrados en la entrada. Ni siquiera levantaron la vista cuando terminó la música y las modelos se fueron de la pasarela. Tanto trabajo para nada. Rosalie apretó los puños y los volvió a relajar. Había ocurrido, ahí mismo. Había estado esperando el momento en que Connor dejara de prestarle atención, pero no había pensado que le iba a doler tanto.

—Si te gustó alguna de las prendas que viste, ya hablé con los dueños de Panzàge para que puedas llevarte lo que quieras y empezar a armar tu armario de maternidad con el pie derecho —recitó Rosalie mecánicamente, agradecida de que la luz tenue ocultara la tristeza en su rostro—. Mandaron a su mejor sastre para que te tome las medidas.

—¡Estupendo! —Dora aplaudió, entusiasmada—. ¡Ed! ¡Voy de compras!

—¡Que te diviertas! —respondió él con actitud distraída.

Cuando volvieron a prender las luces, Connor seguía sin levantar la vista. Se había perdido todo.

—Bueno, me parece bien —lo oyó decir cuando terminó la música. En medio del silencio repentino, hubiera sido difícil no escuchar las siguientes palabras que salieron de su boca, aunque Rosalie deseó con todo su corazón no haberlas oído—. Vayamos a tomar una copa los dos solos para hablar.

Los dos solos. La había excluido por completo; ni siquiera se había dado vuelta a mirarla mientras escoltaba a Ed por la puerta. Se le escapó una lágrima, pero se obligó a tranquilizarse. Era una profesional y él era su jefe. Si quería excluirla de todo, tenía la libertad de hacerlo. Rosalie sabía cuándo retirarse y se dijo que ese era el momento. Después de asegurarse de que Dora estuviera en buenas manos, volvió a su habitación. Y cerró la puerta.

—¿Mi amor? —Se oyó el repiqueteo de la cadena de la puerta—. ¿Qué demonios? —masculló Connor, arrastrando las palabras, y volvió a sacudir la puerta—. Rosalie, soy yo.

Ella giró en la cama y miró el reloj de la mesita de luz antes de sentarse, sobresaltada. Se había recostado en la cama después de almorzar con la intención de tomarse unos minutos para ordenar sus ideas, pero ya era medianoche. Connor estaba en la puerta. Y, por lo que parecía, había tomado más de una copa con Ed Coney.

—Déjame entrar, mi amor.

«Pero tú no me dejaste entrar», le hubiera gustado decir a Rosalie. Se levantó de la cama y se quedó escuchando, sin saber qué hacer.

—Te extrañé mucho hoy —murmuró él—. Vamos, ábreme.

Rosalie se detuvo junto a la puerta. El corazón le latía desbocado. Yendo en contra de toda lógica, quitó la cadena y abrió.

—Mi amor.

Connor se abalanzó sobre ella y hundió las manos en su pelo mientras la besaba. Rosalie iba a protestar, pero las palabras murieron en sus labios cuando él se hizo paso con su lengua salvaje y la llevó caminando hacia la cama, arrancándole la ropa al tiempo que le besaba la boca, el mentón, la garganta, el cuello. Era como si necesitara tenerla por completo. Rosalie no podía luchar contra el deseo que se había encendido en su interior, ni contra la necesidad de sentir la conexión con Connor. Dejó a un lado su enojo y prefirió, en cambio, concentrarse en la sensación embriagadora que le corría por las venas mientras él tomaba el control. Para cuando llegaron al dormitorio, ya la había desvestido por completo y Rosalie estaba más que lista para lo que venía después.

—Por fin —suspiró Connor.

La empujó despacio sobre la cama y, cuando ella apoyó la espalda en el colchón, se arrodilló entre sus piernas suaves.

—Connor —Rosalie relajó la cabeza y se entregó por completo. Connor le estaba prestando atención; ella volvía a ser lo más importante para él, y se sentía demasiado frágil para resistir a la tentación —. Estás borracho.

—De pasión —murmuró él y Rosalie sintió su aliento cálido en el muslo. Cuando su lengua le acarició el punto justo, se le escapó un jadeo. Ya estaba temblando, lo cual la hacía sentir excitada y avergonzada al mismo tiempo—. Separa bien esas piernas hermosas para mí, mi amor. Así.

Sus palabras se transformaron en una seguidilla de sonidos lujuriosos mientras la devoraba. Rosalie se entregó al placer. En ese momento, estar con Connor se sentía demasiado bien como para arrepentirse de haberle abierto la puerta del hotel.

La puerta de su corazón, por el contrario, seguía cerrada con candado.

13

Cuando Connor se despertó, se le partía la cabeza y descubrió que estaba solo en la cama.

—¿Mi amor? ¿Rosalie?

Miró el celular, que estaba en la mesita de luz, y masculló un insulto. La noche anterior, había estado a punto de arruinar el acuerdo. Se masajeó el entrecejo, muerto de vergüenza al recordar la cara de Ed cuando había pedido el cuarto *whisky* de la noche. El *whisky* siempre había sido un trago que disfrutaba tomar despacio, que saboreaba durante el transcurso de una velada. El problema había sido que, de los nervios por perder el acuerdo, había bebido demasiado y demasiado rápido. Ahora, tenía resaca y estaba a punto de llegar tarde a la última oportunidad que tenía de cerrar el trato. Necesitaba darse prisa, pero no pudo evitar preguntarse a dónde había ido Rosalie. Aguzó el oído para escuchar la ducha o el tecleo de su computadora, pero lo único que oyó fue silencio.

Miró su teléfono otra vez y vio que tenía un mensaje de ella. «Me llamó Dora a las siete de la mañana», decía. «Fui a verla temprano, pero no quise despertarte. Tuviste una noche agitada». Al final del mensaje, le había mandado un emoji guiñando el ojo. Pero ¿de qué diablos tenía que hablar con Dora? Negó con la cabeza. Eso no importaba. Ed era el premio mayor y, hoy, Connor iba a ganárselo, incluso aunque le costara la vida. Hizo lo mínimo e indispensable para estar presentable y salió a toda prisa. Todavía se le partía la cabeza, pero ya tenía la mente puesta en el juego... y faltaban solo diez minutos para entrar a la cancha.

La reunión que habían pactado para esa mañana iba a ser un *brunch* en el bistró del hotel. Si iba corriendo, podía llegar justo a tiempo y decir que se había demorado por una llamada. Ed nunca se iba a enterar. Entró al bistró procurando llamar la atención: se metió el celular en el bolsillo con actitud exasperada y fingió que resoplaba. El bistró, con sus lámparas de gas y sus paneles de madera oscura, tenía la atmósfera íntima que Connor necesitaba para cerrar el acuerdo. Estaba seguro de que lo iba a lograr. Cuando vio la cabeza calva y brillante de su cliente, fue deprisa hacia la mesa.

—Ed, mil disculpas por la tard... —Se detuvo en seco al ver a Rosalie, que ya estaba sentada allí. Ella apoyó su taza de café en la mesa y esbozó una sonrisa calculada.

—¿Cómo te sientes?

—Rosalie me comentó que te sentías mal anoche —intervino Ed, guiñándole el ojo.

Connor sintió una punzada de dolor en el ojo derecho, como si fuera a explotarle el cerebro.

—Estoy bien —mintió—. No sabías que ibas a venir, mi amor. Gracias por cubrirme, pero ya llegué.

Le sonrió a Rosalie. Sabía que iba a captar la indirecta y los iba a dejar solos para que él pudiera ocuparse de todo. No obstante, ella se limitó a sonreírle y siguió bebiendo su café.

—Veré si pueden traerte una silla, mi amor —respondió. Le hizo señas a un camarero y le dijo—: Tenemos un invitado más.

«¿Tenemos?», repitió Connor para sí, mientras se devanaba los sesos tratando de comprender lo que estaba ocurriendo. La sonrisa tensa de Rosalie indicaba que estaba molesta por algo, pero, por mucho que lo intentara, no lograba descifrar por qué. Rosalie siempre sabía cuándo hacerse a un lado y dejar que él se encargara de la situación. No era la primera que vez que trabajaban juntos. Cuando le había pedido que lo ayudara a cerrar el acuerdo, su idea había sido que ella desempeñara su papel y él, el suyo. Nunca había tenido la intención de que se terminaran mezclando los papeles. De golpe, se le revolvió el estómago, aún resentido por todo lo que había bebido la noche anterior.

—¿No prefieres ir a descansar? —le preguntó a Rosalie.

Ella negó con la cabeza y lo miró con cara de inocente.

—Estoy bien. A decir verdad, la estoy pasando muy bien con Ed —respondió y, para sorpresa de Connor, Ed esbozó una sonrisa agradecida—. Además, ya pedí la comida —agregó. Parpadeó lenta y cuidadosamente, como cuando intentaba comunicarle algo en silencio—. ¿Por qué no te tomas cinco minutos, Connor? Tengo aspirinas en el bolso. Tómate una y ve a lavarte la cara.

Connor la miró, boquiabierto. No le salían las palabras. Era absurdo. ¿Quién se pensaba que era Rosalie para mandarlo a lavarse la cara? Él era el presidente de toda la empresa, por el amor de Dios. El trabajo de Rosalie era quedarse en segundo plano hasta que él la llamara, no al revés.

—Bueno —accedió. Sentía curiosidad por ver hasta dónde pensaba llevar ese pequeño juego—. Disculpa, Ed. Mi novia —dijo, enfatizando la palabra— ha hablado. Y me conviene hacerle caso. Es una mujer brava.

La sonrisa de oreja a oreja de Ed lo hizo sentir satisfecho. Se paró derecho, aceptó la aspirina que le ofrecía Rosalie y se abrió paso hacia el baño de hombres. Cuando ya se había alejado lo suficiente para que Rosalie no pudiera verlo, se detuvo y se dio vuelta para ver qué pasaba. ¿Qué rayos estaba haciendo Rosalie? Fuera lo que fuera, estaba funcionando, pues Ed estaba riendo a carcajadas, reclinado en la silla. Connor observó a Rosalie, que se estaba acomodando un mechón de pelo detrás de la oreja. Ed asintió otra vez y se puso las manos debajo del mentón. Parecía que la estaba escuchando muy atentamente. Luego, le tendió la mano y se dieron un apretón como si... Como si estuvieran cerrando un trato. «¿Qué demonios?». Connor volvió a la mesa hecho una furia. No le gustaba para nada cómo estaban saliendo las cosas. Cuando se detuvo junto a ellos, Rosalie y Ed se pusieron de pie.

—¿Qué está pasando? —preguntó Connor, agitado—. ¿Acaso...? ¿Qué...?

—Invité a Ed y Dora a pasar una noche más en Aspen. Solos —aclaró Rosalie.

Su respuesta vaga no explicaba para nada qué estaba pasando con el acuerdo, pero Connor no se atrevió a pedirle más detalles frente a Ed. No obstante, cuando estuvieran solos, le iba a decir un par de cosas a Rosalie sobre su manera de manejarse.

—Te veré mañana para comunicarte mi respuesta definitiva —le dijo Ed. Se pasó la servilleta por la cara y miró a Rosalie, que le hizo un gesto para que se limpiara la comisura del labio. Él se limpió y asintió a modo de agradecimiento—. Que pases lindo día, McClellan.

—Es la idea, te lo aseguro —respondió Connor, mirando a Rosalie de reojo.

Rosalie cerró la puerta del baño y apoyó la cabeza contra la dura madera. Oía a Connor del otro lado, caminando sin cesar por el medio de la *suite*.

—¿Estás segura? —le preguntó por millonésima vez o, por lo menos, eso le pareció a Rosalie.

—Estoy en el baño, Connor. No se habla de negocios cuando estoy en el baño.

Para que quedara claro, abrió el grifo al máximo. Luego, se apoyó contra la encimera de mármol y volvió a suspirar. Connor ya le estaba prestando atención otra vez, eso seguro. Solo que, en vez de conquistarla con palabras dulces, exigía saber de qué había hablado con Ed. Quería que le contara todo con lujo de detalles. ¿Qué se le había pasado por la cabeza para reunirse con Ed sin él? ¿De qué habían hablado para que Ed se mostrara tan entusiasta? ¿Qué le había dicho exactamente? Hasta le había preguntado con qué tono de voz le había hablado. Llegado ese punto, Rosalie quería saltar por la ventana y ser libre. Observó su reflejo en el espejo y se mojó la cara. Para que fuera más creíble, tiró la cadena antes de abrir la puerta. Ni bien salió, levantó la mano, como protegiéndose de la lluvia de preguntas de Connor.

—Basta. Te voy a contar si prometes que dejarás de molestarme.

—No te estoy molestando.

—Creo que eso me corresponde a mí decirlo, ¿no?

Connor frunció el ceño y unas profundas arrugas le surcaron la frente. Parecía tenso. Rosalie levantó la cabeza y trató de que no la afectara su mirada furiosa. Esto era más importante que sus sentimientos por Connor. Se trataba de su futuro, de su carrera. De su bebé.

—Estuvimos hablando, Connor —continuó, sin darle tiempo a decir nada—. Más que nada sobre la retención de clientes, que es uno de mis puntos fuertes, como sabrás. Y sobre lo importante que soy para McClellan —agregó, esperando que él le diera la razón, pero no dijo nada. Rosalie se agarró del marco de la puerta y se obligó a ser fuerte —. Ed está muy impresionado, Connor. —Cuando vio que él levantaba las cejas, carraspeó y le aclaró—: Conmigo.

—Claro que sí —dijo él. No sonaba muy convencido.

—Y se da cuenta de cómo son las cosas entre nosotros.

—¿Qué?

Rosalie se armó de coraje y continuó:

—Piensa que debo hacerme valer más.

—¿Para qué? —le preguntó Connor, pero ya se había dado vuelta. Se llevó el pulgar al mentón y se puso a caminar en círculos en el medio de la habitación otra vez—. Está estirando demasiado la situación —se quejó—. No para de dar vueltas como si fuera un juego…

—¿Me escuchaste, Connor?

—Sí, claro.

—¿Qué dije?

—Que hablaste con Ed —respondió él. La miró y frunció el ceño—. Y que le agradas.

—No, no dije eso.

—Lo cual es lógico, a mí también me agradas. Eres genial. —Era innegable, estaba distraído. Otra vez—. ¿Por qué no te tomas el resto del día?

—¿Qué?

Connor le besó la mejilla y le dijo:

—Tengo que ocuparme de varias cosas. Descansa un poco.

—Connor, te estoy hablando en serio —insistió Rosalie. No le gustaba nada sentirse ignorada.

—Ya lo sé —respondió él. Le besó la frente y le aseguró—: Yo me encargo. Tómate un tiempo para ti.

Tras decir eso, le dio una palmadita en el trasero y sonrió. A Rosalie se le cayó el alma a los pies. La estaba dejando de lado para ocuparse de su empresa. Ni siquiera le interesaba entender lo que estaba tratando de explicarle. Y, si se negaba a escucharla, ¿qué sentido tenía que se lo dijera una y otra vez? Cerró los ojos y suspiró. Acababa de darse cuenta de que ya no tenía sentido seguir intentándolo.

14

Durante todo el trayecto a la oficina, Rosalie se quedó callada. Por dentro, Connor le agradeció por entender que necesitaba concentrarse. Esa última reunión ni siquiera estaba en sus planes. Había pensado que, a esa altura, ya iban a tener el acuerdo cerrado hacía días. Estaba molesto y frustrado con Ed por haber estirado tanto las cosas, pero debía disimular. Si no lograba que Ed se sumara al Grupo Tecnológico McClellan, no iba a poder presumir de un historial perfecto de acuerdos firmados. Necesitaba que firmara. Necesitaba esa victoria. Costara lo que costara, no podía permitir que Ed lo rechazara. Cuando el chofer se detuvo frente a la oficina, Rosalie se quedó quieta en lugar de bajar de un salto como de costumbre.

—Pareces un poco dispersa hoy —comentó Connor. Notó que se veía ojerosa y que estaba encorvada—. ¿Es por el embarazo? —le preguntó, tomándola de la mano—. ¿Sientes que esto es mucho para ti? Las jornadas largas de trabajo, la presión, el cansancio.

Rosalie se lamió el labio inferior.

—Voy a hacer todo lo que sea necesario por este bebé, Connor.

—Ya lo sé —repuso él. Se permitió disfrutar de una idea por un momento antes de decirla en voz alta—. ¿Incluso ser ama de casa?

Le presentó la posibilidad como si le estuviera ofreciendo un descuento a un cliente indeciso, con la intención de que Rosalie viera que tenía opciones.

—Porque te apoyaría si quisieras hacer eso. También te apoyaría si quisieras usar collares de perlas y tacones y esperarme en la puerta con un Martini —bromeó, tratando de ponerla de buen humor, pero, en vez de reír y pegarle como hacía siempre, ella negó con la cabeza y dejó que el chofer la ayudara a bajar del auto. Confundido, Connor la siguió hacia el edificio—. Si te quedaras en casa, me aseguraría de que igual fueras parte de la empresa, mi amor. Sabes lo mucho que te necesito a mi lado para estas cosas.

Connor no estaba acostumbrado a tener que convencerla de aceptar sus planes y no le gustaba mucho sentir que, de pronto, se habían invertido los roles.

—Ya sé que me necesitas —respondió ella mientras abría la puerta.

«Y yo te necesito a ti». Connor terminó la frase por dentro y sonrió, esperando escucharla. Sin embargo, ella siguió caminando sin decir ni una palabra más. Aunque el nombre en la puerta era el suyo, Connor se sentía como un intruso en la oficina de Aspen. La siguió como si fuera un perrito perdido mientras ella recorría el piso principal. Todos la saludaban como si no la vieran hacía meses. Connor nunca se había percatado de lo mucho que la querían en la oficina. La asistente de Rosalie se acercó y miró a Connor de reojo.

—Llamó Ed —le dijo a Rosalie, al tiempo que le ofrecía una taza de café. Connor esperaba que fuera descafeinado—. Va a llegar cinco minutos tarde.

Connor frunció el ceño. ¿Por qué se lo informaba a Rosalie y no a él?

—Muchas gracias, Anna —la interrumpió, tratando de dejar en claro su lugar en la empresa y en esa negociación—. ¿Ya está todo listo arriba?

Anna asintió. No paraba de mirarlo a él y luego a Rosalie, como si estuviera viendo un partido de tenis.

—Gracias —le dijo Rosalie.

Sin más, se dirigió hacia los ascensores sin siquiera mirar a Connor y, de nuevo, él se vio obligado a ir tras ella. Ya lo estaba irritando con su actitud y su mal humor.

—¿Me vas a decir qué te pasa? —le preguntó ni bien se cerraron las puertas.

—¿Por qué? ¿Qué me pasa? —respondió ella, fulminándolo con la mirada.

—Me estás ignorando hace rato y no tengo ni idea de por qué es.

—Qué raro que te hayas dado cuenta.

Connor soltó un suspiro, exasperado.

—Claro que me di cuenta, mi amor. —Le dio la mano y la miró fijo antes de apoyarle la palma en el vientre. Ella pareció algo incómoda, pero no se alejó—. Te conozco. Y sé cuándo algo te molesta.

Se abrió la puerta del ascensor y Rosalie, que había cerrado los ojos mientras él hablaba, volvió a abrirlos y lo miró.

—Ese es el tema, Connor —dijo. Sonaba triste por algún motivo—. Creo que no me conoces para nada.

—¡Hola! —los saludó Dora Coney, muy alegre, del otro lado del pasillo—. Perdón. Nos escabullimos por la entrada trasera.

—No queríamos hacerlos esperar mucho —acotó Ed entre risitas.

Connor extendió la mano para saludarlo, pero Ed saludó a Rosalie primero.

—¿Cómo estás? —le preguntó.

—Muy bien, Ed, gracias por preguntar —respondió ella.

Su sonrisa, tensa y forzada segundos atrás, ahora parecía alegre y genuina. Connor frunció el ceño. Aunque era su empresa, sentía que no tenía ni la menor influencia en esa reunión.

—Ya está todo listo para nosotros —dijo Rosalie, señalando la sala de juntas vidriada—. ¿Quisieran que le pida a Anna que traiga algo para comer? ¿Ya desayunaron?

Era típico de Rosalie ser considerada y preocuparse por el desayuno de los clientes, mientras que, si fuera por Connor, ya habrían ido directo al grano. Ed sonrió y negó con la cabeza. Por primera vez desde que había llegado, miró a Connor a los ojos.

—No hace falta. No vamos a tardar mucho.

—Quieres firmar los papeles e irte, ¿no, Ed? Te entiendo —intervino Connor y le palmeó la espalda.

Dora apretó los labios y miró a su esposo.

—Los dejo que hablen tranquilos —le dijo. Se paró en puntas de pie y, tras darle un beso en la mejilla, miró a Rosalie—. Creo que voy a aceptar tu oferta del desayuno.

—Perfecto. Anna te acompañará. Dame un minuto, le voy a mandar un mensaje para que te espere en el ascensor —respondió Rosalie. Después de guardar su teléfono, le dijo—: Todo en orden.

—Gracias. —Dora le agarró la mano y agregó—: Y felicitaciones.

Al oírla, Rosalie puso cara de confundida, pero Connor sabía bien por qué la estaba felicitando. De algún modo, por milagro quizá, habían conseguido cerrar el acuerdo. Sintió que se había sacado un peso enorme de encima y lo inundó un alivio enorme. Nunca había sentido algo así antes. Quizá se debía a que nunca le había costado tanto conseguir la victoria. «Al final, no se me escapó nada». Connor sonrió y trató de contener las ganas de ponerse a bailar en medio de la sala. Cuando se fueran los Coney, iba a hablar con Rosalie para averiguar qué le pasaba. O quizá ya ni fuera necesario ahora que estaban por cerrar el acuerdo. «Seguro solo estaba nerviosa por mí», se dijo, enternecido. Rosalie era una mujer especial de verdad. Y había hecho un gran trabajo con la cuenta de Coney. Le dio la mano y le dijo:

—Sí, felicitaciones.

Ella se ruborizó. Se veía hermosa.

—Gracias.

Connor esperó a que lo felicitara a él también, pero Rosalie se quedó callada y el que habló fue Ed.

—Bueno, la verdad es que no me siento muy cómodo haciendo esto ahora que mi esposa se está aprovechando de su hospitalidad con el desayuno, pero tampoco veo la forma de seguir estirando la situación —dijo. Miró a Connor a los ojos y agregó—: Lo siento, McClellan. Armaste una presentación espectacular y mis socios quedaron muy impresionados, pero, a fin de cuentas, no nos parece que sea lo que necesitamos.

Durante todo el discurso, Connor lo miraba sonriendo y asintiendo. Seguía sonriendo cuando Ed terminó de hablar, pero, cuando comprendió lo que acababa de decir, se le borró la sonrisa.

—Perdón, ¿qué?

Ed miró a Rosalie.

—La verdad, hablé muy bien de ustedes. Y debo decir que el motivo principal fuiste tú, Rosalie —dijo. Soltó una risita apenada y continuó

—: Entonces, me pregunté: ¿estoy haciéndolo por McClellan o lo estoy haciendo por Rosalie, para que reciba la recompensa que merece? —Ella lo miró boquiabierta, muda de sorpresa—. Y bueno, como te decía ayer, mi oferta sigue en pie. Es más, ahora es oficial. —Sacó una hoja de papel y le dijo—: Ya la firmaron los demás socios de Ventura Enterprises. Te queremos en el equipo, Rosalie. Creemos que podemos brindarte el ambiente que necesitas para que aproveches tu talento al máximo.

Connor resopló, sin poder creer la ridiculez que estaba escuchando. Miró a Rosalie, esperando que se le riera a Ed en la cara. Pero Rosalie no se estaba riendo.

—Vaya, ¿o sea que hablabas en serio? —le preguntó.

—Claro que sí. Lee la oferta si no me crees —respondió Ed, dándole el papel.

—Espera un momento, Coney. ¿De verdad le estás ofreciendo trabajo a mi novia delante de mí?

Ed lo miró con desdén.

—Me doy cuenta cuando una persona es talentosa y también me doy cuenta cuando ese talento está desaprovechado.

—Dios mío —murmuró Rosalie.

Connor negó con la cabeza.

—No. Esto es absurdo —dijo. Agarró a Rosalie del brazo y le dijo—: No estarás pensando en aceptar, ¿no?

Ella señaló la cifra que estaba resaltada en la carta de oferta y lo miró con los ojos muy abiertos.

—¿Cómo no voy a pensarlo, Connor? Es más dinero y menos viaje.

—Pero te gusta viajar —protestó Connor.

Ed se alejó un poco y dijo:

—Sé que necesitas tiempo para decidir qué hacer, Rosalie. Por favor, piénsalo bien y no dejes que te condicionen —volvió a mirar a Connor— influencias externas.

—Yo no soy una influencia externa. Soy su novio.

—Claro que sí —respondió Ed entre risas—. Estamos en contacto, Rosalie.

Sin más, se dirigió al ascensor, y Connor se quedó mirándolo desconcertado mientras se alejaba. Ed había rechazado el acuerdo. Después de tanto trabajo, lo había rechazado y, encima, ¿estaba tratando de llevarse a Rosalie? ¿A su Rosalie? Se le escapó una risita nerviosa.

—¿Puedes creerlo? Hay que tener agallas —comentó, pero Rosalie se quedó callada—. Vamos, Rosalie. No seas tonta.

—¿Tonta, Connor? No soy ninguna tonta. Esta es una oportunidad increíble y mi novio —le dijo, enfatizando la palabra— debería alegrarse por mí.

—¿Qué? —Nunca había visto a Rosalie, siempre tan tranquila y compuesta, así de enojada. Hasta estaba roja de furia—. Sí, por supuesto que me alegro. Te felicito, mi amor, pero lo de ir a trabajar a Ventura no va a funcionar.

—¿Por qué? ¿Por qué no va a funcionar?

—Porque estás aquí conmigo.

Ella le clavó el dedo en el pecho y, con la otra mano, le puso el papel delante de la cara.

—¿Ves esta oferta? Esta gente vio de lo que soy capaz y no les hizo falta ponerme a prueba y dar vueltas para entender lo que valgo.

—¿Vueltas? —masculló Connor—. ¿Eso crees que estuve haciendo cuando me esforcé tanto para…?

—¿Para qué?

—¡Para darte lo que querías! ¡Un ascenso!

Ella negó con la cabeza.

—O sea, ¿quieres que me quede contigo porque es lo más cómodo para ti?

—¡No! ¡Quiero que te quedes conmigo porque te amo! —dijo. Las palabras se le escaparon a borbotones de lo desesperado que estaba por hacerla entender. Ella lo miró inmutable—. Te amo, Rosalie. —Le dio la mano y aprovechó su silencio, pues sabía que ese momento era su única oportunidad—. Te necesito aquí conmigo.

—Si me amaras de verdad —dijo ella, clavándole el dedo en el pecho otra vez— querrías que me vaya bien. Soy muy buena en mi trabajo y ellos se dan cuenta. A diferencia de ti.

—Claro que me doy cuenta. Por eso quería que vinieras este fin de semana —protestó él. Ya no sabía cómo hacerla entender. ¿Acaso no sabía lo importante que era para él?

—Para hacerte quedar bien, que es lo que hago siempre.

—Sí, me haces quedar bien. Por eso somos un gran equipo.

—Bueno, ya no somos más nada. Porque renuncio.

15

Connor se quedó mirando a la mujer sentada frente a él y se preguntó cómo diablos habían terminado así las cosas. Sentía que tenía un agujero adentro, como si le faltara un órgano vital: los pulmones, el hígado, el bazo... o el corazón. El dolor era tan grande que no podía pensar en otra cosa. La traición de Rosalie —y la separación, no podía creer que se hubieran separado— era como una herida abierta. Y su mamá le estaba echando sal como si nada. Esa cena (a la que prácticamente lo había obligado a asistir) no podría haber sido más inoportuna, ni siquiera si la hubiera organizado su secretaria, Jenny. Connor había entrado tambaleándose al restaurante, sintiendo que su mundo se había venido abajo, y había terminado apretujado en un rincón de un bistró italiano con comida demasiado cara y salada que claramente no usaba la tecnología de McClellan para procesar los pedidos.

—Qué pena —comentó su madre mientras jugaba con la copa de champán—. Me gustaría que la madre de mi nieto estuviera aquí para escuchar la noticia.

Connor deseaba escabullirse debajo de la mesa como cuando era pequeño. Esconderse bajo el mantel larguísimo, lejos del mundo, y desaparecer. Levantó el borde del mantel y lo miró con detenimiento, como preguntándose si cabría allí.

—Tu madre y yo tenemos noticias —intervino Jerry.

Le dio la mano a Natalie y los dos se miraron, tan sonrientes que resultaba empalagoso. Una vez, durante un vuelo largo, Connor se había puesto a leer en Wikipedia sobre eventos paranormales y se había topado con un artículo entero que hablaba sobre la combustión espontánea humana. Esperaba con todo su ser que existiera de verdad y que le sucediera cuanto antes.

—Por eso estamos en Aspen —canturreó su madre, animada—. No tenía ni la menor idea de lo que tenía planeado, pero ¡Jerry me propuso casamiento!

Levantó la mano, que tenía debajo de la mesa, y, acercándola a Connor, le puso el anillo de diamantes en la cara. En ese momento, la combustión espontánea humana parecía una idea hermosa.

—¿Nos trae unos tragos? —le preguntó Connor a un camarero que pasaba. Se las arregló para recuperar la compostura y sonreír sin ganas—. Estamos celebrando.

—Para eso está el champán —masculló su madre, agarrando con fuerza la copa—. Salud, Connor.

Natalie chocó su copa con tanta fuerza que Connor estaba seguro de que se había rajado el cristal, pero eso no era problema suyo. Se bebió el champán de un trago. Lo que sí era problema suyo era que Rosalie no estuviera allí con él.

—Bueno, qué bien —dijo. Sonaba histérico, pero no le importaba—. Es maravilloso, la verdad. No sales con nadie en toda mi vida y luego te casas con el primer novio que encuentras. Genial, mamá. Increíble.

—Bueno, bueno —gruñó Jerry, pero Natalie lo hizo callar con la mirada. Levantó las cejas y ladeó la cabeza. Connor reconoció ese modo de comunicarse en silencio, ya que él y Rosalie hacían lo mismo. Diablos. La extrañaba muchísimo y no sabía qué hacer. Ese dolor atroz se negaba a irse—. Bueno, voy a tomar algo a la barra —anunció Jerry, en voz demasiado alta.

Connor se había llevado las manos a la cara, pero separó los dedos para espiar a su madre. Ella le corrió las manos de la cara y le preguntó:

—¿Rosalie te dejó?

Aunque la pregunta había sido brutal, parecía sentir pena por él, lo cual hacía que le dieran todavía menos ganas de hablar del tema con ella.

—Mamá… —gruñó.

—¿Qué? ¿Me equivoco? ¿Fuiste tú el que la dejó?

—Claro que no. Por Dios —masculló él. Volvió a hundir la cara en las manos y agregó—: Tienes razón, me dejó ella. Es solo que… todavía no termino de caer.

Cuando el silencio de su madre duró más tiempo del esperado, se animó a espiarla entre los dedos otra vez. Natalie tenía los labios apretados y estaba ladeando la cabeza, como hacía siempre que necesitaba armarse de valor para decirle algo.

—Dilo de una vez, mamá. No me hagas sufrir.

—Me parece que ya estás sufriendo bastante.

—No puedo creerlo. Pasó todo tan rápido que todavía no caigo.

—Ya lo sé.

—Perdí a mi cliente y a mi novia el mismo día de mierda. Y perdí a mi novia por culpa de mi cliente.

—¡No me digas que te engañó! —exclamó su madre, llevándose la mano al pecho.

Connor negó con la cabeza.

—No, no. No es eso. Le ofreció trabajo —le aclaró él. Se lamió los labios y continuó—: Y ella aceptó. Perdí, mamá. Se supone que siempre tengo que ganar, pero perdí.

—Pero ¿de dónde sacaste la idea de que siempre tienes que ganar, Connor Michael?

Él la miró con incredulidad.

—Ay, no sé. ¿De ti, quizá?

Natalie se echó a reír. Era lo más desconcertante que le había pasado en el día, lo cual era mucho decir, ya que ese día había sido el más desconcertante por lejos.

—Ay, Dios —dijo, llevándose la mano a la frente—. Cierto. Estuve medio mal con eso, ¿no?

—¿Perdón? —Connor la miró boquiabierto—. ¿Puedes repetir lo que dijiste?

—Con esa obsesión por ganar. —Natalie negó con la cabeza—. Necesitaba demostrar lo que valía, Connor. Era la oveja negra de la familia. Bueno, prácticamente me desheredaron cuando decidí criarte sola.

—Ya lo sé —murmuró él.

Tenía grabado en la memoria el recuerdo de su abuelo mirándolo con desaprobación. Connor lo había odiado y admirado en igual medida. Su madre asintió, como si le hubiera leído la mente.

—Me enfoqué solo en ti. Sabía que, si te presionaba lo suficiente, le ibas a demostrar a todo el mundo que éramos un gran equipo, que podíamos salir adelante sin su dinero, su prestigio ni su ayuda. Dediqué mi vida entera a eso y estaba tan obsesionada que nos alejé de las demás personas que nos querían y no deseaban lastimarnos. Al final, fui yo la que nos lastimó a los dos —le dijo. Hizo una pausa para darle la mano y continuó—: Estoy orgullosa de ti. Muy orgullosa de tu éxito. Pero nunca quise que ese éxito fuera a expensas de las personas que quieres. —Echó un vistazo a la barra para sonreírle a Jerry y él levantó la copa a modo de saludo—. Pasé tanto tiempo proyectando en ti mi deseo de ganar… Y, al final, me perdí muchísimas cosas. Gracias a Dios que tengo a Jerry. Me esperó hasta que recuperé el sentido común.

—¿Cómo? ¿A qué te refieres con que te esperó? —preguntó Connor, confundido, y frunció el ceño.

—¿No te acuerdas de él? Era el líder de tu grupo de *boy scouts* cuando tenías nueve o diez años.

—¿El señor Wright? No puede ser —dijo Connor, mirando al hombre con incredulidad.

—Perdió mucho peso.

—También perdió mucho pelo —agregó Connor.

—Shhh, es un tema delicado para él. Bueno, a lo que voy es a que le di mi espalda al amor mucho tiempo. No cometas el mismo error que yo —dijo su madre. Le apretó la mejilla y le reprochó—: Eres demasiado inteligente para actuar como un tonto. Arregla la situación. Quiero que mi nietito esté en mi casamiento.

Connor se puso a jugar con los cubiertos.

—Bueno, ya que estamos hablando, quiero decirte algo de Jenny.

—¿Qué Jenny? ¿Tu secretaria? ¿Qué pasó?

—Es una pésima secretaria.

—Y sí. ¿Cuántos años tiene? ¿Dieciocho? —respondió Natalie, mientras bebía un sorbo de champán.

—Veintiuno.

Su madre agarró su bolso y sacó un lápiz labial. Le quitó la tapa y miró a Connor con expresión sorprendida.

—Bueno, ¿qué esperabas? Es su primer trabajo. Nunca entendí qué se te había pasado por la cabeza para contratarla como tu secretaria. Cuando te pedí que le consiguieras trabajo, pensé que le ibas a buscar algún puesto sin importancia.

Connor se quedó mirándola sin poder creerlo mientras su madre se pintaba los labios de rojo.

—Pero pensé que… O sea… Dijiste que…

Se quedó callado, sin saber cómo completar la frase. Natalie terminó de pintarse los labios y volvió a dejar el bolso bajo la mesa.

—Te agradezco que le hayas dado una oportunidad a Jenny, pero, si es tan mala secretaria, mejor ubícala en un sector donde no tenga tantas responsabilidades, Connor. Bueno. Ahora dime cómo vas a hacer para reconquistar a la madre de tu hijo.

16

—Te voy a ser sincera.

Los rulos rubios de Anna se movieron de un lado a otro cuando se apoyó en la mesa tambaleante en la que estaban sentadas, en su cafetería favorita. Rosalie suspiró, resignada.

—Como siempre.

—Bueno, ¿qué te puedo decir? Soy incapaz de mentir. Por eso es que soy la persona más capacitada para decirte que entiendo que Connor se comportó como un completo imbécil...

—Imbécil se queda corto —la interrumpió Rosalie.

—... y que te mereces a alguien mucho mejor.

—Sí. —Rosalie entrecerró los ojos y miró a su amiga—. ¿Por qué tengo la sensación de que se viene un «pero»?

Anna puso los ojos en blanco.

—No obstante... —Le sacó la lengua y continuó—: Me parece que estás angustiada y me gustaría saber por qué.

—¿Por qué dices eso? —le preguntó Rosalie.

Anna señaló su plato vacío.

—Ya te devoraste dos *brownies* en lo que va de la mañana y todavía ni son las diez.

—No puedo ahogar mis penas en alcohol y solo puedo beber un poco de café. El chocolate es el único vicio que me queda. No me lo quites —respondió Rosalie. Se llevó el dedo a la boca y chupó los restos de chocolate.

—Bueno. —Anna arrimó su silla y la abrazó, y Rosalie descansó la cabeza sobre su hombro. Un mechón de pelo de su amiga le rozó la nariz y la hizo estornudar—. Estás hecha un desastre, cielo. Y, créeme, yo estaría igual si acabara de romper con mi hermoso novio millonario y de renunciar a mi gran trabajo estable al mismo tiempo.

—Tuve que hacerlo —se quejó Rosalie—. La situación era un caos.

Anna levantó la vista y la miró con expresión crítica.

—¿Era un caos porque ya no podía arreglarse? ¿O es un caos porque te da demasiado miedo tratar de arreglarla?

Rosalie se alejó un poco. Abrió la boca. La cerró. Y bajó la mirada.

—No tengo miedo de arreglarla —confesó—. Lo que me da miedo es que, si lo intento, quizá termine siendo todo igual que antes.

—Y que Connor se lleve todo el crédito y solo te preste atención cuando te necesite —dijo Anna. Asintió con expresión comprensiva —. Sí, no queremos que pase eso. Para nada.

—No, pero… —Rosalie hundió la cara en las manos—. La verdad, creo que no se dio cuenta de que hacía eso.

—Porque nunca se lo dijiste —observó Anna—. Porque nunca le dices a nadie lo que sientes. Por eso tuve que obligarte a salir de la oficina, donde ya ni siquiera trabajas, dicho sea de paso, y atiborrarte con cosas dulces para que admitas que eres humana.

—¿Estuve mal en enojarme con él por ser como es? —gimoteó Rosalie.

—Creo que sí —respondió Anna. Se dio golpecitos en los dientes con la uña mientras miraba a lo lejos—. La única manera de saberlo es ver qué hace ahora.

—No puedo esperar tanto tiempo. Empiezo a trabajar en Ventura en diez días —dijo Rosalie, negando con la cabeza—. Se terminó. No importa cómo me sienta. Arruiné todo. —Se levantó, miró su plato y suspiró—. Al carajo.

Anna abrió grandes los ojos cuando Rosalie agarró el plato y lo lamió hasta que no quedó ni una miga.

—Vaya. Sabes lo extraño que es esto, ¿no? En ti, esto es el equivalente a insultar a un cura e irte tres días de parranda.

—Soy patética, ¿no? —Rosalie se inclinó hacia adelante y le agarró las manos por encima de la mesa—. Tengo una hora más para estar deprimida, ¿entendido? Pon el cronómetro. Todavía tengo que llevarme mis cosas de la oficina y no voy a llorar mientras lo hago.

Anna parecía dubitativa, pero obedeció y abrió la aplicación del cronómetro en su celular.

—Bueno, ¿lista? —preguntó.

Tocó el botón de inicio y empezó a correr el tiempo. Rosalie se dejó caer en la silla.

—Pide otro *brownie* —le suplicó.

Sin más, rompió en llanto.

~

Rosalie todavía estaba un poco llorosa cuando estacionó el auto frente a McClellan, pero, más allá de tener los ojos un poco irritados (lo cual podía atribuirle a una alergia estacional), ya había dejado de llorar. O eso esperaba. No podía estar segura, porque la tristeza de extrañar a Connor la agarraba desprevenida, cuando menos la esperaba, y la llenaba de la sensación de pena y pérdida más grande que hubiera sentido en toda su vida. Lo peor de todo era el arrepentimiento. «No hacía falta que rompieras con él», se dijo, por enésima vez. «No hacía falta que fueras tan cruel». Podría haber hablado tranquila con él para explicarle por qué estaba molesta. Él la hubiera entendido, como siempre. Era tan dulce. Era tan comprometido. Era tan apasionado y generoso y...

—Mierda —masculló Rosalie, mientras se le llenaban los ojos de lágrimas otra vez.

Suspiró. Tenía dos opciones: o se quedaba sentada en el auto para siempre o entraba a la oficina con la cabeza en alto y la cara llena de lágrimas. Eligió la segunda. Cuando Rosalie entró a la oficina, Anna ya estaba ahí, fingiendo que había estado trabajando toda la mañana. Pero, cuando la vio, puso cara rara. Se levantó de un salto y volvió a sentarse.

—Hola. ¿A dónde vas?

—A mi oficina —respondió Rosalie, mirándola con los ojos entrecerrados. Anna estaba actuando de forma extraña—. Tengo que terminar de limpiar.

—Está bien. ¡Ve, entonces!

Rosalie se quedó mirándola. Anna se movía sin parar, como si estuviera nerviosa. Le pasó por al lado y, cuando llegó a la puerta de la oficina, se detuvo y trató de abrir. Trató otra vez. Con el ceño fruncido, le dio otro empujón a la puerta y, cuando por fin se abrió, oyó un crujido. La puerta se quedó frenada contra un montón de... ¿rosas? Su oficina estaba repleta de rosas de principio a fin. Estaban desparramadas sobre su escritorio y sobre el piso. Había pilas y pilas de floreros, algunos con rosas rojas y otros con rosas blancas. Su perfume embriagador inundaba el aire y Rosalie inhaló profundo, llenándose los pulmones de su fragancia.

—¿Anna? —la llamó, confundida—. ¿Qué está pasando?

—Espero haber comprado las flores correctas esta vez —oyó la voz de Connor. Rosalie se agarró del marco de la puerta cuando él salió de detrás de la torre de floreros, quitándose los pétalos que tenía en el pelo—. Las blancas representan la humildad, ¿no? Y las rosas, el amor. Obviamente. Porque te amo, Rosalie, no te imaginas cuánto —le dijo. Bajó la vista, mientras ella lo miraba con incredulidad—. Y las rojas y blancas combinadas significan unión. Tú y yo. O, mejor dicho, representan que te apoyo, sin importar lo que quieras hacer.

—Connor… —suspiró Rosalie.

Él negó con la cabeza.

—No. Vas a disculparte y no quiero que te disculpes. Yo soy el que debería estar arrepentido y lo estoy, Rosalie. Muy arrepentido —le aseguró. Levantó la mano para acariciarle el pelo y ella apoyó la mejilla contra su palma—. Y quiero que hagas lo que te haga feliz. Te amo y te necesito, pero estuve mal en querer dejarte en el mismo puesto porque era cómodo para mí. Te mereces todo y más y eres capaz de lograr lo que te propongas. Y, si te quedas, te prometo que voy a asegurarme de que logres lo que quieras.

Rosalie tragó saliva. Él la miró, como intentando descifrar lo que estaba pensando, y le agarró la cara.

—Mírame. Quiero que me escuches bien. Si no quieres quedarte, tendré que aceptarlo. Si quieres ir a trabajar con Ed, tendremos una relación a distancia. Compraré una casa cerca de la tuya y organizaré todos los turnos médicos para que no tengas que preocuparte por esas cosas y puedas enfocarte en tu carrera. Si eso es lo que quieres, te apoyaré y te ayudaré a lograrlo.

Rosalie oyó un gritito de emoción y se dio cuenta de que Anna estaba escuchando todo. Cerró los ojos y suspiró, contenta.

—Tenemos público.

—Ya lo sé —respondió Connor. Miró a Anna, que estaba junto a la puerta, y le dijo—: Y si estoy equivocándome, me lo dirás, ¿no?

—Por supuesto, señor McClellan.

—Perfecto. Entonces serás mi nueva secretaria. Felicitaciones. — Anna soltó un grito ahogado, pero, sin prestarle atención, Connor se dio vuelta a mirar a Rosalie—. No te preocupes. Le encontraré otro trabajo a Jenny. En la oficina de correspondencia quizá.

Rosalie se echó a reír.

—Eso no es lo que me preocupa.

—Entonces, ¿qué te preocupa? —preguntó él, escudriñándole el rostro.

Rosalie se mordió el labio y sonrió.

—Me preocupa que quizá te amo demasiado.

Connor suspiró aliviado y le agarró la mano. Rosalie lo amaba.

—Imposible. Pero, si quieres que hagamos una escapada romántica para demostrármelo, no me voy a negar. —Buscó en su bolsillo trasero y sacó una cajita aterciopelada. Rosalie chilló, impactada, y él se arrodilló—. Podrías estrenar esto para la ocasión —le dijo y acercó el anillo a su dedo, expectante. Rosalie sentía que le faltaba el aire—. ¿Rosalie?

—¿Sí, Connor?

—¿No vas a decir nada? Me estás poniendo nervioso.

Ella soltó una carcajada.

—Se supone que tienes que proponérmelo, Connor. No te leo la mente.

—Ah, sí. Debo tenerlo en cuenta. ¿Anna? ¿Podrías recordarme esas cosas? —le gritó.

—¡Claro que sí!

Connor asintió.

—Bueno, Rosalie, ¿me harías el honor de casarte conmigo y hacerme mucho más feliz de lo que merezco?

—Sí —dijo ella, sonriendo de oreja a oreja, y suspiró aliviada. Al final, la vida era color de rosas. Literalmente—. Hiciste un buen trabajo de conquista, Connor.

Él le puso el anillo.

—¿Funcionó? —La abrazó, atrayéndola hacia sí, y le rozó apenas los labios—. Por fin.

Sin más, la sujetó más fuerte y sus labios se fundieron en un beso apasionado.

EPÍLOGO

E d Coney se había vuelto vegetariano. Por suerte, la hermosa, inteligente y talentosa esposa de Connor ya lo sabía, así que se había asegurado de que el menú fuera adecuado. Connor miró su revuelto de tofu y suspiró.

—Puedo perdonar que te hayas llevado a mi esposa a tu empresa, pero no sé si puedo perdonarte esto, Ed.

Ed se echó a reír mientras se limpiaba la boca con una servilleta.

—Al menos pruébalo. Es bueno para el corazón. Y tienes que empezar a comer sano si quieres seguirle el ritmo a tu hijita.

Connor se tapó la boca para disimular un bostezo.

—Bueno, está bien, voy a vivir a espinaca si eso me ayuda a dejar de estar tan cansado. —Miró a Rosalie, que estaba caminando en la cocina con la pequeña Lily en brazos. Todavía no podía creer lo mucho que había cambiado su vida desde la primera noche en que habían hecho el amor. Ese mismo fin de semana habían concebido a Lily. No se imaginaba teniendo otra vida, pues su familia le daba más felicidad que cualquier acuerdo de negocios—. ¿Cómo haces para verte siempre tan descansada y hermosa? —le preguntó a su esposa, levantando la cabeza para besarla.

Ella lo besó y, por un momento, Connor olvidó que Ed estaba en la misma habitación. La agarró de la cintura con la intención de sentarla sobre su regazo, pero ella se rio y se alejó.

—Ahora no. Lily tiene hambre.

—Esta criatura es una malcriada —se quejó Connor, agarrando el pie diminuto de su hija.

—Y me veo descansada porque anoche me dejaste dormir —le recordó Rosalie. Miró a Ed y le dijo—: Connor se hizo cargo de la bebé anoche, así que no le presten atención si dice alguna incoherencia.

—Hoy te toca a ti, Ed —dijo Dora desde la otra punta de la habitación. Llevaba un tiempo intentando que su hija empezara a usar el biberón, pero no había tenido éxito—. Siento que me pasó un camión por encima —arrulló a la bebé—. Pero es un camión adorable.

Connor volvió a mirar su plato y se puso a jugar con el tenedor mientras pensaba en todo lo que había ocurrido en tan solo un año. Seguía sin tener la cuenta de Ed en su empresa, pero eso ya casi no le importaba, sobre todo porque pasaban casi todos los fines de semana con los Coney. Sus hijas, Lily y Felipa, solo se llevaban tres semanas, y el mes siguiente iban a viajar los seis juntos a Bora Bora para tomarse unas vacaciones. Iba a ser la primera vez que las niñas viajaran en avión.

—Yo me ocupo —respondió Ed. Se levantó de la silla y alzó a su hija, que estaba roja de tanto llorar, para que su pobre esposa pudiera descansar un poco—. Atesoro cada momento que paso con mi hijita.

—Y en las vacaciones también nos ocuparemos de las niñas por la noche —les prometió Connor—. Así tienen un merecido descanso.

No le había llevado mucho tiempo aprender a ser buen compañero. Después de que Rosalie lo ayudara a definir sus prioridades, Connor se había mostrado más que dispuesto a ayudar a su hermosa esposa, pues sabía que si ella era feliz, los dos eran felices. Y era recíproco: Rosalie le demostraba todo el tiempo lo mucho que lo amaba. Ella lo miró y esbozó una sonrisa de oreja a oreja.

—¿Qué? —preguntó Connor, sonriendo también, y se acercó para cargar en brazos a Lily—. ¿Por qué tienes esa cara de divertida?

—Me preguntaba si recordabas que el viaje a Bora Bora es la misma semana que la conferencia de Silicon Valley —le dijo ella en voz baja para que no escucharan los Coney. Buscaba hacerlo quedar bien, como siempre.

Connor se quedó helado. Lo había olvidado por completo. Abrazó fuerte a su hija mientras barajaba las opciones. La conferencia de Silicon Valley era un evento importantísimo y siempre había hecho hasta lo imposible por asistir. Los contactos que había hecho allí a lo largo de los años eran demasiado valiosos como para dejar pasar la oportunidad. Sin embargo, cuando miró a su alrededor, vio todo lo que había logrado. Tenía una hija hermosa. Una esposa que era todo para él. Amigos que habían estado a su lado en los momentos más importantes de su vida. Esbozó una sonrisa y besó a Rosalie.

—Me acuerdo, pero ¿a quién le importa? A mí, no —dijo. Movió la cabeza y se corrigió—: Ya no.

Esas cosas ya no eran importantes en su vida. Él ya había ganado.

FIN DE EL MULTIMILLONARIO Y SU ASISTENTE EMBARAZADA

LOS MULTIMILLONARIOS MCCLELLAN #1

P. D.: ¿Quieres enamorarte perdidamente? Entonces, lee estos fragmentos exclusivos de *El chef multimillonario y un embarazo inesperado.*

¡GRACIAS!

Muchas gracias por comprar mi libro. Las palabras no bastan para expresar lo mucho que valoro a mis lectores. Si disfrutaste este libro, por favor, no olvides dejar una reseña. Las reseñas son una parte fundamental de mi éxito como autora, y te agradecería mucho si te tomaras el tiempo para dejar una reseña del libro. ¡Me encanta saber qué opinan mis lectores!

Puedes comunicarte conmigo a través de:
www.leslienorthbooks.com/espanola

ACERCA DE LESLIE

Leslie North es el seudónimo de una autora aclamada por la crítica y *best seller* del USA Today que se dedica a escribir novelas de ficción y romance contemporáneo para mujeres. La anonimidad le da la oportunidad perfecta para desplegar toda su creatividad en sus libros, sobre todo dentro del género romántico y erótico.

SINOPSIS

El romance es el plato principal, pero lo mejor es el postre…

Multimillonario de nacimiento y chico malo con todas las letras, Arthur McClellan está decidido a convertirse en el chef más famoso del mundo. Después de prometerle a su madre moribunda que iba a cambiar, se asoció con el famoso Canal Sabor para filmar un especial de bodas en las Bahamas. Pero, para complacer a los televidentes, el canal quiere pulir un poco su imagen. Es entonces cuando entra en escena Cassandra Kelly, la organizadora de bodas…

Arthur y Cassandra compartieron una noche de pasión hace tiempo. Ahora, para subir el *rating*, el canal quiere que finjan ser novios. Podría ser la cereza del postre del programa, pero, al poco tiempo, esa estrategia de *marketing* se vuelve demasiado real…

Cuando Canal Sabor le ofrece a Cassandra el puesto de organizadora de bodas en el piloto del nuevo programa, ella acepta de inmediato. Pero fingir ser la novia de ese sensual chef le dio hambre de pasión… y tiene una sorpresa cocinándose en su vientre. Ahora, cada vez es más difícil saber qué besos son reales y cuáles son falsos.

¿Será demasiado tarde para que este dúo descubra la receta del verdadero amor?

Obtén tu ejemplar de El chef multimillonario y un embarazo inesperado (*Los multimillonarios McClellan: Libro 2*) ingresando a www.LeslieNorthBooks.com

FRAGMENTO

Capítulo 1

El chef Arthur McClellan podía blandir un cuchillo deshuesador afiladísimo sin que se le moviera ni un pelo. Podía sumergir la mano en agua hirviendo para probar el punto de la pasta sin pestañear. Se sentía a gusto usando el fuego y el calor y, a veces, hasta usaba antorchas llameantes para darle el toque perfecto a un plato. No había nada en una cocina que pudiera asustarlo. Excepto la niñita que lo estaba mirando en ese momento.

Art bajó la vista para mirar a la pequeña intrusa y luego echó un vistazo a la puerta que daba al salón donde, en ese preciso momento, ya estaba en marcha la fiesta de casamiento que definiría su carrera. Solo tenía algunos segundos para servir el siguiente plato, una tarea que, por lo general, le tocaba a su asistente. Pero ese casamiento era un evento decisivo para su vida profesional y, por eso, quería controlar absolutamente todos los detalles. Al menos tendría que haber contratado a alguien para impedir que entraran a la cocina.

—¿Estás perdida, chiquita?

—¿Está preparando la comida?

La pequeña tenía puesto un vestido acampanado de color blanco que la identificaba como la niña de las flores. Incluso para Art, la niña era muy linda... pero estaba estorbando.

—Sí, estoy preparando la comida. Y los niños no deben estar en la cocina. Ve con tu mamá.

De pronto, la niñita pestañeó y se le cayeron unas lágrimas.

—No puedo comer nada —sollozó.

Arthur desvió la mirada de la encimera, donde había estado midiendo con precisión cucharadas de crema para ponerle a la sopa de drupa, y la observó.

—¿Cómo que no puedes comer nada?

—Tengo hambre, pero mi mamá dice que no puedo ensuciar el vestido —respondió ella, mirándolo con sus grandes ojos. Sí, la niña era linda, de un modo extraño, casi como una alienígena, pensó Art—. Y toda la comida que usted sirve ensucia. Está llena de... esa cosa con salsa. —La niña arrugó la nariz y se acomodó el vestido, desanimada.

Esa «cosa con salsa» era una reducción de médula que Art había tardado más de veinte horas en preparar. Miró de reojo la bandeja repleta de platos perfectos de sopa fría y luego volvió a mirar el vestido de la niñita.

—Pero la p… —Se contuvo para no maldecir frente a ella—. Bueno, siéntate. Te voy a preparar algo de comer que no ensucie, ¿sí?

La niña sonrió de oreja a oreja, dejando al descubierto un hueco adorable donde deberían estar sus paletas. Bueno, era linda, concluyó Art. Y al menos era educada.

—Gracias.

—¿Hay algo que no te guste? —Los niños siempre eran quisquillosos a la hora de comer, por eso nunca preparaba comida para niños si podía evitarlo.

—El brócoli, la mayonesa y las papas fritas —dijo ella, contando con los dedos.

—¿A qué niño no le gustan las papas fritas? Bueno, supongo que sería mejor preguntarte qué te gusta. —Art abrió la cámara frigorífica y continuó—: ¿Comes huevo?

—¡Sí!

—Te voy a preparar un *omelette*. Eso no ensucia, ¿no?

—Tendré cuidado —respondió ella, acomodándose el vestido otra vez.

—Muy bien. Un *omelette* entonces…

—¿Con jamón?

—Tengo jamón de Parma cortado en fetas finas para la próxima entrada. —Le había costado cientos de dólares importar ese jamón.

—Bueno —dijo ella e hizo una pausa—. ¡Gracias! Me gustan tus tatuajes —anunció, antes de salir de la cocina dando saltitos.

Arthur se miró el brazo lleno de tatuajes que le había valido la reputación de chico malo entre los chefs de moda. Una niña de siete años con un vestido de volados acababa de decirle que le gustaban. Hizo una mueca, se arremangó y se puso a preparar el *omelette*.

—¿Hola? ¿Todo bien por aquí?

Arthur puso los ojos en blanco. Cuando terminara la boda, y el dueño de Canal Sabor —que, casualmente, era el padre de la novia— quedara impresionado con su trabajo y le ofreciera el programa de televisión que Arthur venía pidiéndole hacía tiempo, lo primero que iba a hacer en su nuevo puesto era exigir que pusieran un candado en la puerta de la cocina.

—Sí, todo bien —respondió, sin levantar la vista del recipiente donde había puesto los dos huevos. Un *omelette* de queso de cabra y cebollín era perfecto para una niña, ¿no?

—¿Necesitas ayuda?

—Para nada.

—Entonces, ¿por qué todavía no salió el próximo plato?

Arthur vertió los huevos en la sartén caliente y esperó a que se asentaran.

—Porque no sabía que tenía que ser cocinero de comida rápida — gruñó.

La voz se echó a reír. Un sonido musical y melodioso que llevaba todo el día escuchando.

—¡No es así!

Arthur dio vuelta el *omelette*, lo dejó asentarse treinta segundos más y lo dobló con el relleno dentro, asegurándose de cerrar bien los bordes para que la niña pudiera comerlo sin ensuciarse el vestido. Lo sirvió en un plato y volteó hacia la intrusa.

—Llévaselo a la niña de las flores —ordenó.

La organizadora de bodas tenía los ojos más grandes y azules que Arthur había visto en su vida y, cuando le dio el plato, se pusieron aún más grandes.

—¿Estás preparando… *omelettes*?

—Fue un pedido especial.

La mujer agarró la agenda violeta que tenía bajo el brazo y se puso a leer una hoja que había abrochado dentro.

—No hay *omelettes* en el menú —comentó con nerviosismo.

Art puso los ojos en blanco.

—Cassie…

—Cassandra.

—Como digas. ¿Me puedes ayudar?

Ella se movió de un lado a otro mientras observaba a Art con la misma mala cara que había tenido todo el día. Arthur había oído hablar de Cassandra Kelly, la célebre organizadora de bodas, antes de que empezaran a trabajar juntos en ese evento. Suponía que una mujer tan exitosa como ella —siempre tenía clientes y la agenda ocupada— se desenvolvería con la soltura de una reina en los eventos que organizaba. No había esperado encontrarse con una mujer diminuta, parecida a un hada, de mirada preocupada y con el hábito nervioso de mirar su agenda cada cinco segundos.

—Llevas esa cosa para todos lados como si fuera tu Biblia.

—Lo es.

—Entonces, ¿qué es eso? —preguntó él, señalando la agenda a lunares que tenía bajo el otro brazo—. ¿Una nueva traducción?

Ella se ruborizó.

—No es asunto tuyo, pero aquí pongo mis visualizaciones.

Él ladeó la cabeza hacia ella.

—Tus… ¿qué?

—Mis sueños. Planes para el futuro. Listas con los pasos que debo seguir para lograrlos. —Se llevó la agenda al pecho y la apretó fuerte antes de mirarlo con expresión alarmada—. Tengo agendas para todo, por eso sé que no deberías estar preparando *omelettes*.

—Ya sé que no lo dice en ninguna lista —bromeó él—, pero no pasa nada. A veces hay imprevistos y una niña tiene hambre. ¿Vas a dejar que una niña pase hambre?

—Eres…

Sin decir nada más, Cassandra le arrebató el plato de la mano y, con un resoplido de exasperación, salió de la cocina. Art se permitió mirar con admiración su figura alejándose antes de volver a las entradas, que habían quedado relegadas. Una sopa fría de fruta hecha de drupas locales, con crema fresca y una guarnición de fresas y albahaca. Cada plato tenía que tener la misma presentación, con las fresas cortadas en forma de corazón encima de la sopa. Arthur frunció el ceño mientras las acomodaba. Estaba tan concentrado en asegurarse de que cada plato fuera perfecto que no escuchó el sonido de la puerta abriéndose hasta que golpeó contra la pared.

—Bueno, el *omelette* ya fue entregado, y lo primero que hizo fue dejarlo caer sobre su falda —dijo Cassandra con un atisbo de humor—. Pero por lo menos tiene algo que comer. No va a pasar hambre… —Entrecerró los ojos y agregó—: A diferencia del resto de los invitados. Tienes una demora de ocho minutos. —Miró el delicado reloj que tenía en la muñeca y frunció el ceño—. Nueve minutos.

—Terminaría más rápido si no me interrumpieran a cada rato. —Arthur acomodó la última fresa—. Ya está. Listo. Llama a los camareros.

Cassandra se inclinó hacia adelante e hizo una mueca.

—¿Qué es eso? Parece barro.

Arthur sintió una oleada de calor en la nuca. Había reprimido su mal humor todo el día, pero eso ya era demasiado. Era el momento perfecto para perder la compostura y, quizá, tirar toda la bandeja llena de sopa de «barro» al piso. O sobre la recatada blusa rosa de la organizadora. Sin dudas, no sería la primera vez que hiciera algo así. Pero tenía que controlarse. Había demasiado en juego como para dejar que sus insultos lo afectaran.

—¿Te parece?

—No es lo que esperaba de un chef con tu…

—¿Experiencia?

Ella se pasó la lengua por los dientes.

—Iba a decir… reputación.

—¿Esperabas pedazos de carne clavados en un pincho?

Obtén tu ejemplar de El chef multimillonario y un embarazo inesperado (*Los multimillonarios McClellan: Libro 2*) ingresando a www.LeslieNorthBooks.com

Made in United States
North Haven, CT
05 April 2023

35080924R00095